魔豆

魔豆

神使繪卷

The Story of GOD's Agents

09

神使繪卷

The Story of GOD's Agents

09

目錄

神使繪卷

【人物介紹】

黑令

黑家下任家主繼承候選人之一。
身高超過190，靈力極高，但也因為知道自己的強大，對任何事幾乎都不感興趣，也提不起幹勁，更加不在意自己的安危。

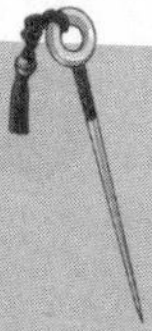

宮一刻

繁星大學中文系一年級，暱稱小白。
在系上作風低調、不常發言，總是獨來獨往。
常使用通訊軟體或手機，與另一端不知名人士聯絡……
具有半神身分，因緣際會下，成為了曲九江的神！

柯維安

繁星大學中文系一年級。
娃娃臉，總是揹著一個大背包。
腦筋靈活，但缺乏體力，喜愛不可思議事件及都市傳說。
身為神使，大型毛筆是他的武器，而他許下的願望，
竟連妖怪都難以啓齒！

曲九江

繁星大學中文系一年級。
人類與妖怪的混血，對周遭事物都不放在心上的型男。
雖是半妖，也是宮一刻的神使。
出乎意料喜歡某種飲料！

楊百罌

繁星大學中文系一年級。
身為班代，個性高傲、自尊心強，
同時責任心也重；常被認為不好相處。
現為楊家狩妖士當家家主。

珊琳

綠髮、深棕色眼睛的小女娃，
擁有操縱植物的能力。
真實身分是山精，楊家的下一任山神。

胡十炎

神使公會會長，六尾妖狐一枚。
雖然是小男孩模樣，卻已有六百多歲。
常頂著張天真無邪的天使面孔，說出宛如惡魔降臨的恐怖台詞；對魔法少女夢夢露的愛，無人可比！

安萬里

繁星大學文學研究同好會社長，
同時也是神使公會的副會長。
文質彬彬，總是笑臉迎人，但其實……
妖怪「守鑰」一族。

范相思

神使公會執行部部長。
看起來約莫高中生年紀的少女。
個性有些狡猾，愛錢。
對氣溫無感，所以在夏天也會穿成一身冬裝！

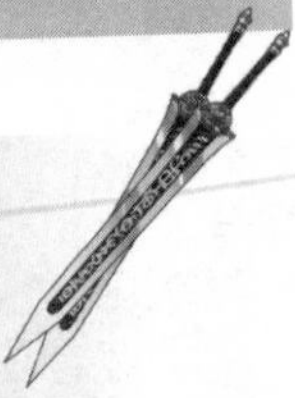

蔚商白

西華大學法律系二年級。
來自淨湖的神使，高中時因「無名神事件」與一刻相識。
個子比同齡學生還高。
個性嚴謹，曾任糾察隊大隊長。

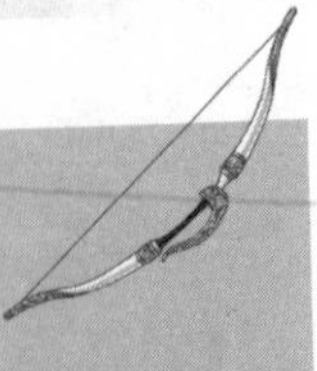

蔚可可

西華大學外文系一年級。
蔚商白的妹妹，令人聯想到小動物的可愛少女。
個性天兵甚至無厘頭，常讓兄長與一刻等人頭痛，但開朗的個性容易結交朋友。亦為淨湖神使。

楔子

入夜的繁星市被寂靜包圍著，路上幾乎不見人煙，唯有路燈仍盡職地散發水銀色光芒。在黑藍的夜幕之下，此景當眞有如繁星點點。

但在這樣一個夜深人靜的時刻，座落在銀光街的銀光大樓卻還保持著燈火通明的狀態。一樓大廳內及各扇窗戶後透出的光源，在夜晚中極爲耀眼。

然而即使路上剛好有人車經過，也不會有人多看那棟大樓一眼，彷彿無視了那夜半時分還亮著的燈光。

事實上，普通人是瞧不見那些燈光的。

在他們眼中，銀光大樓就只是棟平凡的老舊建築物，和附近熄了燈的屋宅沒什麼兩樣。只有相關人士才知道，這裡——其實就是神使公會的據點，裡邊的成員大多是非人。

大半夜還要處理工作，對神使公會的眾人來說是家常便飯；可是在這個時間點，各大部門之首聚在一起開會，甚至連出走三年的執行部部長都回來了，那就是罕見的事了。

強烈的好奇心撓得眾人心裡癢癢的，偏偏用來當作開會地點的參間會議室門外，有三名貓男孩正嚴密防守著，讓人連聽壁角的機會也沒有。

就算有人抱著一堆小魚乾想要試圖賄賂一下，好套出點情報，但甲乙、丙丁、庚辛依舊正氣凜然地挺起胸膛，表示未來要成爲帥狐狸的他們是不會辜負老大的期待，任何祕密都不可能洩露出去，不過小魚乾留下沒關係，他們家的妹妹還在須要多吃的年紀。

而下一秒，就會有道嬌小、但敏捷如閃電的白影，迅雷不及掩耳地自旁掠出，將所有小魚乾全部掠奪一空。

當下使得抱小魚乾前來的人只能氣得跳腳。

「可惡啊！你們幾隻貓絕對是被老大帶壞了！怎麼可以像狐狸一樣，心都是黑的……不對，心黑的是副會長，我們警衛部的都說，那剖開來一定是黑得不能再黑……總之，把魚乾還來！花錢的可是我！那是高級魚乾乾乾啊！」

「喵！我們三貓本來就會成爲狐狸，魚乾入我貓手，休想搶得走！戊己，幹得好，用不著還他沒關係！」

「知道了喵！哥哥加油，有新的小魚乾再通知人家，人家一定會努力的喵！」

「努力個頭啦！你們幾貓根本是努力錯方向了……喂，戊己！戊己！把魚乾還我！有貓搶魚啊——」

第一章

參間會議室外正掀起一陣小騷動，繪有星辰圖案作裝飾的會議室內，就像未受到干擾，坐在長桌前的幾人還是一派平靜地繼續討論話題。

最多是踩上桌面的黑髮小男孩停止踱步，頭上的三角狐耳微動了動，金澄的眼眸看似漫不經心地瞥向桌旁的一人。

被注視的是名中年男子。

雖然他一身黑西裝，戴著墨鏡，還梳了個背頭，外表看起來比小男孩更有威嚴，可是這樣的他卻被小男孩盯得冷汗直冒，不安的感覺節節爬上後背。

終於，這名西裝前別了個「惠」字金屬釦的中年人再也坐不住了，如坐針氈地急急站起。

「老大，等一下！雖然外頭管不住嘴巴的是我的屬下，但求別再扣我們部的——」

「教導屬下不力啊，惠先生。一個月的下午茶津貼，砍了。」

「……薪水。」

只不過那悲慟的吶喊還是被胡十炎雲淡風輕的語調打斷，最後從惠先生嘴裡滑出的兩字，只能有氣無力地落進會議室的空氣裡。

警衛部之首的惠先生頹然坐下，「蒼天啊……我到底做錯了什麼？宵夜津貼沒了就算了，反正我們這一票年紀大了，半夜也不適合吃太豐盛……但是，下午茶……下午茶是我們的心靈慰藉啊！明明造孽的是底下那些說錯話的兔崽子，所以我究竟做錯了什麼？」

「問得好，錯在你沒有好好地給帝君上香。惠先生，像奴家啊……呵呵……」今日依然衣著暴露的紅綃托著腮嬌笑，柔媚的嗓音帶著一縷纏綣纏綿的韻味，不經意間就能撩撥人心神；襯上眼波如水，更是輕易就能勾得男性心魂不定。

不過在場男性們大多心有所屬——胡十炎的真愛是夢夢露，安萬里的天使是蒼井索娜，惠先生的孩子都上高中了——對於紅綃天生的魅力，可說是不為所動。

僅有一名灰髮少年面露嫌惡地咂舌，「啐，像妳這妖女還得了？」

那道頗為中性的聲音沒有特別壓低，更何況紅綃也是耳尖的人，她立刻冷笑，炮火不客氣地轉向自己對面的同僚，總和自己不對盤的特援部部長。

「嘖，說得一副不男不女就了不起的樣子？那奴家……還真是長見識了哪。」紅綃對著自己的艷紅蔻丹呵了呵氣，眼角微挑，「男性荷爾蒙不足嗎？真讓奴家為你將來的對象操心呀。」

「王八蛋！妳說誰不男不女了？」灰幻隨即將手中的文件摔至桌面，直接震得紅綃面前的開發部名牌跳了跳，「惠先生要是也學妳，那警衛部不是沒救，就是變成一群神經病了。」

無端被扯進話題裡，惠先生覺得自己中槍中得很無辜。他試圖辯駁，想要澄清自己的部門絕不會沒救或是成了一票神經病——有開發部排在前面，怎樣也輪不到他們。

只是向來說不到幾句就槓上的紅綃和灰幻，壓根不給他插嘴的機會，水火不容的兩人，似乎忘記現在還在開會中。

紅綃身邊出現數條紅色紗幔，灰幻的掌心上懸浮出無數尖石。

奇怪的是，理應在下一秒展開全武行的兩位部長，卻一直維持著蓄勢待發的姿勢，動也不動。

惠先生慢一拍地發現，自己的兩名同事居然連聲音都沒了。

這是怎麼回事？紅綃和灰幻彼此對抗的新戰術嗎？

不說話地瞪著人，還擺出攻擊招勢，看起來是挺有魄力的。可是連續幾分鐘都沒動作，這根本比較像神經病了吧？

「惠先生，你把『神經病』三個字說出來了，紅綃和灰幻都在瞪你啦。」

清脆富節奏的少女咯笑聲拉回了惠先生的思緒，他趕忙尷尬一咳，調整好面部表情，裝作什麼事也沒發生。

要知道，不論是灰幻或紅綃，都是記恨可以記上許久的可怕性子。

然而惠先生接下來瞧見的一幕，登時讓他的表情又破功了。

在一動也不動的紅綃、灰幻兩人身前，剛剛說話的短髮少女竟是抓著手機，不客氣地大拍特拍。

隨著「卡嚓」、「卡嚓」聲不斷響起，被拍的兩人神情也越來越險惡，平時收斂的妖氣都釋放出來。

抓著各種角度拍照的范相思卻像渾然未覺，或者說她絲毫不將對方的威脅放在心上。細框眼鏡後的貓兒眼還是閃動著光芒，嘴角更是噙著率性狡猾的笑意。

范相思的確有不怕的本事，畢竟她不單是執行部部長，真身還是劍靈，實力一拿出來，即使同時對上紅綃、灰幻，也不見得會屈居下風。

惠先生覺得范相思什麼都好，堪稱是同僚中相當有常識的一位人物，可惜就是……

「我說范相思，是妳把他們倆定住的？為了拍照然後賣錢？」

「後面是對的，前面是錯的。」范相思很快拍完她想要的。她收起手機，對著惠先生搖搖手指，「這兩人的姿勢擺得那麼好，不就是擺明叫人來拍嗎？我的攝影師魂都忍不住燃燒起來了。」

但沒人叫妳賣！如果紅綃和灰幻口能言，估計會這麼怒吼。

范相思接著說下去：「但是呢，本姑娘也不會特別花力氣去定住他們，那多麻煩呀。」

「定住他們的是我。」和范相思年輕明亮的聲音比起來，緊接在後說話的人則是有著低啞慵懶的嗓子。

坐在長桌另一端主位的褐膚女子，像是漫不經心地換了個坐姿，修長的長腿擱在桌上。她的一頭長髮高高束成馬尾，末端挑染的金艷與手臂上的大片刺青相襯起來，成了獨特的魅力。

見是張亞紫開口，紅綃馬上目光熱烈地轉向。

灰幻礙於自己無法行動，否則眞想擋住紅綃的眼，阻止她用不潔的視線注視貴爲「文昌帝君」的張亞紫。

「嘰嘰喳喳的吵死了，你們是麻雀嗎？忘記還在開會了？還是想要我叫里梨來給你們一個熱情的擁抱？嗯？」張亞紫似笑非笑地勾起唇，放在椅子扶手上的手指輕敲了敲，瞬間就把場面控制下來，「或者捱我一腳吧，我也會使上全力的。」

即使是范相思，也摸摸鼻子、乖乖回到自己的位子上。

被擁有怪力的胡里梨一抱，或是被張亞紫一踹，就算她是劍靈也會吃不消。

「惠先生，我不介意你上香給我。初一、十五記得燒金紙，初二、十六也行，但別燒紅色的蕾絲內衣給我。我們部沒什麼人可以轉送，戊己的年紀也太小，處理起來有點麻煩。」

張亞紫這話一出，所有人的視線立時一致地落到紅綃身上——她是最有可能做出這種事的人，沒有之一。

其中以灰幻的眼神最爲凶狠，似乎巴不得能對紅綃嚴厲地斥罵，怒斥她的沒節操。

送內衣給帝君像什麼話？她還要不要臉！

「哎呀……」范相思像是讀出灰幻的心思，手裡抓著平空出現的摺扇，往另一邊的掌心敲擊幾下，「灰幻，你要是想說紅綃沒節操的話，說不定她會回你她有貞操留給帝君就好了唷。」

在旁正好喝著茶的惠先生聞言岔了氣，差點一口茶都噴出來。

「管他節操、貞操，通通回到我們的正事來。還有那邊的那隻老狐狸，闔上你的書，別以為我不知道你在看什麼。」胡十炎俐落地自桌上跳下，坐回專屬他的豪華董事椅，順便朝後方角落扔出幾枚金耀的狐火。

被狐火包圍的陰暗角落走出一抹人影。

總是格子襯衫加休閒長褲的安萬里推推眼鏡，依言闔起了手上的精裝書籍。

從封面看去是本外文書，可是只要有人站在安萬里的身後，就會發現那原來是可以用來嵌入iPad的偽裝用書盒。

眾人離題之際，神使公會的副會長默不作聲地看起自己收藏的影片。

「還有耳機。」胡十炎哼了一聲。

「我都懷疑你背後有長眼睛了，十炎。」安萬里笑笑，從善如流地摘下音量沒有調大的耳機，走回胡十炎身旁，在他斜後方站定，一如往常擔負著最佳左右手的責任。「帝君，麻煩妳恢復紅綃和灰幻的行動吧。沒有開發部和特援部，這會議也不好開下去。」

張亞紫一彈指，施加在紅綃與灰幻身上的束縛登時解開。

水火不容的兩人先是厲瞪了彼此一眼，才各自回到座位上，不再繼續鬧下去。

「那麼，就由我再說下去吧。畢竟那時看到情絲的人，在場就只有我了。放心，公事歸公事，我不會因爲要我提供情報，就跟你們收費的。」范相思還是調笑的態度，不過坐姿已從散漫改爲筆挺，這是她認眞起來的表現。

這回誰也沒插嘴，神使公會的正副會長和其餘部門之首，皆專心聆聽著范相思的敘述。

那是數天前發生的事。

范相思和宮一刻等人在繁星大學遇上了「情絲」這個妖怪。

那妖怪暗中操控了水中藤的記憶，使得水中藤對於符家抱持莫大的憎恨。更甚者，她和「唯一」也有著關聯。

然而，情絲寄附在水中藤身上的只是分身，她眞正的本體——是在符家！

狩妖士三大家之首的符家竟然躲匿著妖怪，這事要是說出去，恐怕難以令人相信，更遑論符家自己了。

因此這消息至今只有那一日的當事人，以及神使公會的幹部、成員知曉。

「維安他們知道情絲是怎樣的妖怪了嗎？」胡十炎提問。

「不。」范相思搖搖頭，「我還沒告訴他們。這種事總要先讓大人煩惱，小孩子就乖乖放暑假去。不過柯維安會不會趁機摸進公會的資料庫、搜尋情絲的情報，這我可就不知道了。」

「他不會，因爲他的心肝被我扣押了。」回答的人是張亞紫。她張開手心，上頭頓生金紋環繞。

金色花紋瞬間再擴大，像是蓮花綻放。下一剎那，一台外殼印有星星圖案的黑色筆電便置於會議室桌上。

「紅綃，替我接一下投影設備。」

「沒問題的，帝君，要奴家幫妳生孩子都願意啊！」紅綃眼中浮出熱切的光芒。她立即拍拍手，繪著星辰的一格天花板應聲開啓，從上滾落了數隻綿羊玩偶。

正式名稱是「咩咩君」的玩偶還沒滾落地面，就先迅速翻了一個圈再跳起。沒一會兒，這些有著大眼睛、長睫毛，還能用後腳直立的綿羊玩偶，就完成了張亞紫的要求。

筆電裡的影片透過投影設備播放出來，讓會議室的眾人都能清楚觀看。

「維安小子那日拍到的。他那時候聽說人昏了，不過筆電的運作倒沒出什麼問題，斷斷續續拍到了不少，我們先挑最重要的那段看就好。」張亞紫將音量調大。

隨著畫面行進，影片中的說話聲也流洩出來。

「呵，可惜了哪……」

那是一道輕柔詭譎的嗓音，飄忽不定，像是隨時會消散於夜色中。

聲音的主人不屬於影片裡胡十炎他們認識的任何人，而是來自於一抹青色煙氣。

青煙是從藍髮少女體內飄出，乍看下有若人形，瀰漫捲曲的煙氣彷彿髮絲，髮絲下還露出一隻幽藍的眼瞳，沒有眼白、沒有眼珠，僅僅是一片令人顫慄的，幽藍色。

說有多詭異，就有多詭異。

「不過還是能爲我們的唯一……哎，要不換你們來找我吧？到那個你們該知道的地方……」

由青煙凝成的人形咯笑，眼睛宛如在凝望影片中的一刻他們，又像是透過螢幕，注視著參與會議室內的眾人。

「找情絲一族的情絲……」

當那聲呢喃飄落，青煙人形也在剎那間消逝。

然而那幽幽中彷彿帶著不懷好意的呢喃，好似仍徘徊在會議室內，久久不散。

張亞紫按下暫停，抬起頭，「都看清楚了吧？」

「是看清楚了，帝君，可是我有一個疑問。」灰幻的眉頭緊皺，「那東西自稱情絲，可就我所知，情絲一族的眼睛……」

「不是這種顏色。」接在灰幻後說話的赫然是紅綃。她斂起嬌媚的笑意，拇指無意地置於抿著的唇邊，「情絲，其形體不定，化爲人形時則定是淺紅眼瞳。能讓他人忘卻，對過去忘卻，對情感忘卻，對自身忘卻。此族當中，能夠以『情絲』爲名的，則只有……一族之長。」

「紅綃，妳知道的眞詳細，不會是爲了帝君特地查過資料吧？」惠先生驚訝又敬佩地說道。在他記憶中，要紅綃背出各族妖怪的特徵，還不如要求她背出元素表比較快。

只不過惠先生這一問，換來的卻是紅綃的一記白眼。

「爲了帝君，要奴家上刀山下油鍋，奴家都願意。但奴家可不須特別查，惠先生，你是老人痴呆了不成嗎？」

「等等，我在你們之中可是最年輕、最小的那個耶！」

「可惜外表最老哪，惠先生。你忘記紅綃有一部分情絲的血統嗎？她會比我們清楚情絲的事也是理所當然。還有解說費，別忘了給，這就不在公事的範圍啦。」范相思笑睞一雙狡黠的貓兒眼，向惠先生伸出手，白皙的掌心向上。

沒理會眼前的勒索戲碼，胡十炎留意到安萬里的神情有絲異樣。

那名總是掛著溫煦微笑的年輕男子，就像還未回神般凝望著牆上投影，就算那畫面已不見青煙人形的蹤影。

「安萬里，怎麼了？」

「……眼睛。」安萬里半晌後才像是拉回了神智。

可是誰也不能理解他的低語。

感受到同僚們的疑惑，安萬里沒有馬上回答，而是走至張亞紫身邊，向她借用了筆電。

只見影片飛速倒退，接著畫面定格在青煙凝成的人形上，那隻詭譎的幽藍色眼睛被特意放大了數倍。

「紅綃，情絲一族會因某些變異，造成眼珠顏色改變嗎？」安萬里眼瞳銳利，筆直地望著在場與情絲有關的妖冶女子。

「絕對不會。」紅綃幾乎想也不想地說了，她撫上自己的眼角，「就算是和他族混血，只要有一丁點情絲的血統在，無論多稀薄，眼珠也還會是淺紅色。副會長，奴家就是最好的例子。奴家是多族混血，可奴家的眼睛顏色，也還是受情絲的血統影響。」

「那顯然影片裡的就是個冒牌貨。」灰幻斬釘截鐵地說。

「別蠢了，灰幻。」紅綃當即反唇相譏。

「情絲一族的『情絲』才不是一般小妖會知道的名字。不，別說是小妖，你也不曉得那是族長的專用名吧？奴家問你，你難道知道有其他妖怪能使人忘卻記憶，還會如青煙的形體不定嗎？更何況，忘卻的還不是普通人類，是符家的水中藤……嘖嘖，奴家覺得，你是腦袋裝石頭了吧？」

的。光是想到我的荷包要滿滿，就忍不住讓人有點小激動呢！」
「要打起來了嗎？要打起來了嗎？我會拍下好照片上傳，然後收費唷，肯定能大賺一筆
「紅、綃！」
「媽啊，拜託妳別這時候火上加油和只想著錢了，范相思！老大在皮笑肉不笑了啊！」
惠先生忍不住感到胃痛，他趕忙從外套口袋翻出藥瓶。
而他擔心的事並沒有真的發生。
紅綃和灰幻之間雖然煙硝味重，但不代表他們忘記了張亞紫之前的警告。兩人很快又都尋回理智，雙雙看向安萬里，等待他給出一個說法。
「老狐狸，收起你彎彎繞繞的那一套，直接告訴我們你想到什麼了。」胡十炎捏熄了原本要砸出去的狐火，示意安萬里長話短說。
「你再喊我老狐狸，我都要懷疑自己的種族不是守鑰了，十炎。」安萬里揉著額角嘆氣，旋即話鋒一轉，「守鑰一族的結界，是專門針對『唯一』的。七百年前，『唯一』在四大妖的合力圍捕下，成功被我族的長輩封印……」
「安萬里，長話短說的意思你不懂嗎？」
「我是在長話短說了，否則大夥就得多聽我重新敘述當年封印的詳細歷史……那可真的相當長了。『唯一』被封印，身軀分散各處，但只有一處的封印，是部分百年妖怪皆知道的。」

「……岩蘿鄉，西山。」胡十炎慢慢說道：「由我妖狐族看守。我沒參與過那次戰事，但確實聽聞過，爲了預防有心人士試圖破壞封印、重新喚醒『唯一』，守鑰才會將『唯一』的身體分割，將這些封印都安置在不同地方。除了西山，其他地方的封印就只有守鑰，以及被他們委託看管的妖族才知曉。」

「正確說法，是只有那位負責封印的守鑰才知道，我和其他族人同樣不得而知。雖說到現在，守鑰一族似乎也只剩我一人……」安萬里的語氣不自覺流露感慨。他摘下眼鏡，如同要掩飾眼中更多的情緒，垂眼擦拭起鏡片。

「你不會無故說起這些，安萬里，難道你要告訴我們……」張亞紫若有所思地睇起鳳眼，「情絲，與『唯一』的封印有關？」

「您說得沒錯，帝君。」安萬里戴回眼鏡，以平靜的口吻，在會議室中扔下驚人的訊息。

「每一處封印都含有關於下一個封印的情報。在修補西山封印的時候，我從中得知了另一個封印是交由情絲一族看守，同時也發現原本的封印力量開始衰減。七百年一循環，封印減弱的時刻的確到來了。十炎，你還記得『唯一』是怎樣的存在嗎？」

「就算不曾親眼見過，我等也不會忘記妖族的災難。唯一，獨一再無二，髮絲如青白煙氣，眼瞳幽藍，能令眾妖受其污染，喪失原本心智，陷入狂暴，並且一心只會爲『唯一』……慢著。」胡十炎倏地收住話，他似乎從中發現什麼，青稚的小臉閃過愕然，「狐狸眼的，你該不會是懷疑……」

「我懷疑情絲一族的族長，就是被污染了。」安萬里平靜地說，「她的眼睛，和當年我所見到的被污染者，一模一樣。」

沒有人懷疑安萬里的話，在場之中，就唯有他曾目睹七百多年前的那場妖族災難。

會議室陷入死寂，最後被一聲口哨打破。

「哇喔，這可眞是……也就是說，在不知不覺中有個封印破了？」范相思握著扇柄，在空中虛畫出幾條線，立刻就有多道銀藍色光絲拼組成繁複的圖案。

明眼人一眼就認得出，那正是位於岩蘿鄉封印的模樣。

「不，我探查過西山的，只是力量減弱。雖說是七百年一循環，不過要眞正損毀，也要再好一段時間，只是確實比我想像的還要早開始。其他地方和西山的封印也是同一時期，那麼最有可能……是出現裂縫，導致情絲一族的族長受到污染。因此首要之事……」

「就是找到情絲一族的根據地，查探封印。還有就是前往符家，把那位族長給抓出來，對吧？」范相思做出結論，用摺扇敲敲桌緣，「查探封印鐵定就只有安萬里你行。至於去符家，跳過本姑娘吧，我手上有另外的事要做，不是因爲去了也沒錢領。嘛，看來看去，大概就只有灰幻而已。」

「我拒絕去符家，只會令人感到想吐。」

「那你可以吐完再繼續執行任務。放心，我這個好建議是免費的，難得的免費呢。」

灰幻擺明一點也不領情，嚴厲的目光冷冷瞪著笑得沒心沒肺的范相思，宛如巴不得將桌上的一疊文件再抄起，直接扔向對方。

但灰幻最後當然沒這麼做，也眞狠不下心對范相思這麼做。

取而代之的，這名外貌有如少年的妖怪是板著臉，改扔出一句話：「拿妳的手機號碼來換，我知道妳又辦一支私人用的，我再考慮看看。」

「欸欸？小范妳沒給灰幻嗎？他說的是那支銀灰色手機吧？」惠先生最先詫異地嚷了起來。

「呵，奴家可也早就拿到了……做人失敗啊，灰幻。」只要是能對灰幻落井下石的事，紅綃向來很樂意且不遺餘力地去做，她唇角彎起了千嬌百媚但又嘲諷的笑。

「都說此物最相思，可最相思的那頭……好像沒要給一個回應哪。」紅綃柔軟的尾音拖得綿長。

灰幻的臉色越來越險惡，暴戾之氣似乎都要凝成實體釋出。

惠先生自覺失言，趕忙想打圓場，以免兩名同僚又要掀起大戰。

灰幻對范相思有那麼點意思，早就是公會裡半公開的祕密。然而另一位當事人究竟是怎麼想，卻是誰也不得而知。

想到這裡，惠先生忍不住想給仍然像個沒事人的范相思一記白眼。好歹也是話題的主角之一，偏偏像事情與她無關似地。他是警衛部的頭，又不是調解委員會，老是讓他瞎操心，這還有天理嗎？

下一瞬間，可謂公會「天理」的胡十炎發話了。

個子矮小的黑髮小男孩踩站在椅子上，居高臨下地宣判：

「吵什麼吵，都忘記是本大爺說了算嗎？范相思去處理自己的事，安萬里就去找情絲一族，搞清楚封印的狀況，順便查出下一個封印地的位置。紅綃負責協助，幫他找到情絲一族的根據地。灰幻暫時負責帶人到符家，去抓出那位族長。人的話，自然是接觸過情絲的宮一刻他們最適合。等安萬里回來，再跟灰幻你交接。帝君，妳那邊呢？」

「分析已經到最後環節，到時就可以將曲九江放出來，我那時也會到符家一趟的。」張亞紫雙手交疊，神情平靜近乎淡然，「妖怪間的事，我基本上不插手。但維安小子的生日要到了，他人又剛好在符家，不去都不行。」

「我明白了，既然幾個部門的負責人都被我外派……那麼，惠先生，他們的文書工作就由你們警衛部的幫忙分擔。」

「什……等、等一下！老大，我們警衛部的都年紀大了，對文書一點也不擅長！」惠先生設法據理力爭，可是在多道「年紀大？有比我們這些兩百歲以上的還大嗎？」的鄙視目光下，他輸了。

惠先生摘下墨鏡，抹把臉，不死心地做著最後掙扎，「不是也還有老大嗎？老大你自己也沒分到什麼工作啊！」

「說那什麼蠢話，惠先生。」胡十炎踏上桌子，用更加居高臨下的眼神睥睨著警衛部的部長，氣勢十足地說道：「最強的我當然就是負責坐鎮公會，帶給公會眾人心靈上的力量，爲此我還特地放棄了神祕主義，主動多在大家面前露臉，你連這點也不懂嗎？」

「老大，你說得公會像個新興宗教似地……是說，灰幻不去帶維安他們也行吧？維安的思想糟糕歸糟糕，也是帝君的徒弟，更何況身邊還有個半神神使。」惠先生越想越覺得自己說的有道理，立刻抓著這點和胡十炎討價還價，「所以說，灰幻可以留下來負責文書！」

「別說笑了，就算柯維安和宮一刻能完敗符家年輕一輩好了，還是要有灰幻在才行。」出人意料的，出聲回話的是紅綃。她柳眉一挑，居然破天荒地承認了符家之行需要灰幻的力量。「畢竟他們幾個小子，可也有著一定的機率被情絲完敗。惠先生，你忘記情絲一族最眾所皆知的事是什麼了嗎？」

惠先生慢一拍地反應過來。

身爲幹部之一，他對妖怪種族也有著某種程度上的涉獵，況且情絲也不是什麼沒沒無名的種族。

情絲一族——四大妖中最弱小，卻也最棘手的存在。

「對了，惠先生。」安萬里忽地笑笑地說道，鏡片後的眼珠不知何時轉爲原來的碧綠色澤，「關於你們警衛部認爲我的心是黑的一事……不用擔心，我只是副會長，沒權力扣你們經費的。不過呢，等我回來後，也許可以放映我珍藏的影片。我會調成無聲的，再由你們部的負責全程配音，你覺得如何呢？」

我覺得……我覺得我的意見根本就不重要，副會長你都笑得黑氣沖天了！

惠先生臉色發白，最後兩眼一閉、向後一倒，決定用昏迷逃避這個喪心病狂等級的懲罰。

第二章

「哈啾！」

無來由地，宮一刻突然打了個噴嚏。

與此同時，他的左右兩側以幾乎分毫不差的速度，各自遞上一張衛生紙。

一刻沒有接過右邊的，也沒有接過左邊的，更沒有接過來自前方、印著魔法少女夢夢露Q版圖案的手帕。他只是很鎮定地從自己口袋拿出面紙，再很鎮定地說：

「誰來告訴我……這他X的到底是怎麼回事！」

一刻覺得自己眞是最有資格問出這句話的人了。

看看眼下情況，沒問出來才眞的叫奇怪！

地點：安萬里的車上。

人物：除了自己、除了開車的安萬里學長，就是同爲乘客的蘇染、蘇冉，還有柯維安。

一刻重重往後方椅背靠去，想著有哪個大學生會在暑假裡被青梅竹馬聯手套麻袋，再丟上接應用的交通工具？

……幹，有，就是他。

回想起不久前發生的事，一刻就覺得心裡窩火。

前陣子才解決完符家水中藤的事件，讓水瀾重新有個家，改移居到他們繁星大學的朝湖。雖然對於情絲和「唯一」之間有什麼關聯、情絲的企圖為何等等，有著一肚子疑問，但范相思的態度明擺著「小孩子先別插手，乖乖地放暑假去吧」，拒絕多透露進一步的情報。

就算是柯維安，這回也難以靠一己之力再去探聽到什麼消息。據說他的筆電被張亞紫強制扣押走了，什麼時候會還他還是未知數。

結果導致柯維安騷擾自己的頻率節節上升，幾乎到了令人髮指的地步，搞得一刻都想親自打電話找上張亞紫，求她把筆電還給柯維安，結束他痛苦的被騷擾過程。

只是在他正要這麼做的時候，就先被幼稚園起便認識的青梅竹馬套麻袋了。

見鬼了，他甚至才剛起床不久而已，眼前突然被黑暗籠罩……等到視野重新回復光明，人已經在車上。

綁著長辮的清麗女孩與戴著耳機的俊秀男孩，一左一右地把自己夾在中間，前方駕駛座和副駕駛座的人也回過頭。

斯文的眼鏡男子笑得親切；頂著亂翹鬈髮的娃娃臉男孩笑得興高采烈。

同樣都是笑容，但後者莫名令一刻手癢，反射性先巴了對方腦袋一記後，才終於恍然大悟地反應過來——我操！這群人原來是串通好的嗎？

想通這點，一刻也放棄追究的念頭。反正他向來拿蘇染、蘇冉沒轍，至於柯維安……好吧，他該死的也有點拿那小子沒轍。

一刻現在只想搞清楚這齣「綁架案」的真正原因。

對於一刻的問題，回答的人是負責開車的安萬里。

或許是事先講好，另外三名知情人士才都沒有出聲插話。

「是有點突然，小白，不過我必須告訴你，我們這是要到符家去了。」安萬里從後照鏡看見一刻錯愕的表情，他沉穩地說，「情絲的事，公會決定出手了。但鑑於知情人士不多，因此要麻煩你們協助我們。蔚商白那我們也有聯絡，可惜他家裡似乎有些事，無法前來。」

「是挺可惜的……但好像又不怎麼可惜，還有種鬆口氣的感覺？」一刻皺起眉，「蔚商白有來的話，戰力是加倍沒錯。我總有預感，要是他這次過來，蔚可可那丫頭鐵定也會想盡辦法跟著來，到時煩度也要加倍了……」

「小白甜心，你怎麼知道？太厲害了！」柯維安改跪坐在椅上，手抓著椅背，大眼睛滿是敬佩，「小可有傳LINE給我，說她本來都想用躲進行李箱這招了。」

「我靠，那丫頭是有多天兵？連這種方法都想得出來，她真當她哥是笨蛋嗎？」一刻咂舌，不知是該佩服蔚可可的腦袋，還是狠狠地吐槽她了，最後他選擇跳過這問題，改回歸到正題，「學長，所以情絲究竟是怎樣的妖怪？」

「套句范相思的話，就是麻煩的妖怪，確實相當麻煩。」安萬里一邊平穩地開車，一邊對車上的學弟妹們解釋。

「你們那時也見識過情絲的手段了吧？她對水瀾的記憶動了手腳，使得水瀾憎恨符家。情絲不像妖狐或吞渦，有著令妖怪忌憚的強大力量。妖狐是幻術和狐火，吞渦則是空間和吞噬；但她們一族，卻能夠抹滅他人的記憶。這點，當然不止限定於人類。」

一刻比其他人都還要明白，他曾被與瘴異融合的水瀾拖進體內。在那裡，他見到了被青色絲線包裹的光球，那正是水瀾被情絲藏起的珍貴記憶。

「所以你們到了符家後，務必多加小心，盡量別落單，別讓情絲有出手的機會。畢竟我們仍不知道對方躲在哪裡，或化身爲誰。」安萬里叮嚀道。

「等一下，副會長你用『你們』……」柯維安維持著跪坐的姿勢，詫異地扭過頭，沒有錯過這個關鍵字眼，「你沒有要和我們一起行動嗎？雖然我覺得靠我跟小白親愛的，還有小白他家的青梅竹馬也挺綽綽有餘，可是有你這心黑的在，總是比較……」

「維安，我有跟你說過嗎？帝君把你的筆電交給我了。」安萬里含笑地瞥了柯維安一眼。那眼看似溫和，卻讓娃娃臉男孩瞬間竄上寒意，隨即打了個冷顫。

「副會長大人，你剛一定是聽錯了！我剛說的是足智多謀、風華絕代、天下無雙！」柯維安馬上畢恭畢敬地低下頭，「還請您大人有大量，把我的心肝還給我吧！」

「謝謝你的稱讚，維安。還有，我方才是騙你的。」無視柯維安像是被噎到的表情，安萬里一派愉悅地再說道：「東西在灰幻手上，他晚點會在符家村與你們會合。事實上，原本是他要載你們過去的。」

這話一出，就連柯維安也忘記了被安萬里耍弄一把的事。他望向一刻，兩人都露骨地擺出如獲大赦的表情。

只要一回想起曾體驗過的灰幻駕車技術，一刻與柯維安都忍不住要感到頭皮發麻。那技術……灰幻到現在沒被吊銷駕照，簡直是太不科學了！

「灰幻的開車技術，差？」蘇冉抬起眼，淡藍的眼珠望著一刻。

柯維安注意到那名男孩還戴著耳機，卻有辦法精準地捕捉到他們的對話。難道說，他的耳機裡其實沒有音樂嗎？不，那這樣還戴耳機未免太奇怪了。

柯維安一秒否認自己的猜測，暫時先將疑問壓下。他打算幫忙說明灰幻的開車方式有多糟，但一刻用更簡單的一句話完美地詮釋了一切。

「可以和莉奈姊結拜了，那技術。」

蘇冉和蘇染不約而同地點點頭，藍眸內流露出一瞬的恍然。

短暫的安靜間，安萬里俐落地將車子切出交流道，改駛進對一刻來說顯得陌生的城鎮。從交流道旁設立的路牌指標來看，城鎮的名字爲「洛花」。

「符家……就是在這裡嗎？」一刻望著窗外飛速後退的景象，無意識地喃喃道。

「這個嘛，正確一點的位置是在洛花鎮的邊郊處。」柯維安笑咪咪地說。只是剛說完這句，從旁伸來的手掌就把他的前額往後壓，差點讓他的後腦撞上擋風玻璃。

「坐好，前面有警察在抓違規。要是讓我的車吃上罰單子，這錢就扣你頭上了，維安。」安萬里說。

「問題是你的提醒更像是要謀殺我……」柯維安苦著臉，只得規規矩矩地坐回椅上，「嚶嚶，小白啊……」

「沒空安慰，也不想安慰。」一刻斬釘截鐵地說，「符家在洛花鎮，然後呢？我記得學長先前提到符家村……」

「符家村，地圖上的正式名稱是寂言村。」坐在一刻右側的蘇染從小包包裡掏出一本小冊子，然而外皮不是一刻看習慣的黑色，而是一片雪白。

一刻頓時吃驚地多看了幾眼，「蘇染妳這……」

「我覺得資訊要有效地分門別類，因此上大學後，我決定將和一刻無關的事改記錄在白色的本子上，不過主要還是黑色爲主。」蘇染迅速再從包包裡拿出另一本黑皮小冊子，一黑一白看起來既搶眼又相襯，「放心好了，黑色記事本裡都是和一刻你有關的，例如你今天的背心和四角褲花色。」

「幾何圖案的不錯，可愛系更適合。」蘇冉沉靜地表述意見。

「……眞是謝謝你們的解說啊！」一刻幾乎是咬牙切齒地說道。

「不客氣，樂意替你服務。」蘇染的唇角彎出一抹淺淺的笑意，登時讓她乍看下冷淡的清麗臉蛋多了明顯的溫柔氣質。

蘇冉也在旁認眞地點點頭。

見狀，一刻連氣也生不起來了，包括原本的鬱悶感也像雪遇上火，霎時消融得一乾二淨。

「好吧，我知道符家村叫寂言村……還有什麼是須要知道的嗎？」一刻耙耙一頭白髮。

「寂言村，座落在洛花鎭邊界，是座傍山的村莊。傳聞它原本是叫吉言村，吉祥的吉，後被認爲不夠風雅，便又改成現今的寂言，寂寞的寂。」蘇染看著白色小冊，有條不紊地解說，「村裡八成以上的村民都姓符，才又有符家村這個別稱，這些是網路上能查到的資料。」

「網路上查不到的資料，就靠人家來補充吧！」柯維安沒再跪坐起，而是扭過頭，興致勃勃地加入討論，「村裡的人大多數都和符家有關，親戚啊、弟子啊、在符家裡做事的人啊，這一類的，總之也可以看成一個狩妖士的大本營。他們也有村長，可是眞正的掌權人還是符家的現任家主，符邵音。」

一刻看著說得眉飛色舞的柯維安。

如果換作以往，他只會暗暗佩服對方的見多識廣。可是現在，他卻忍不住想問出壓在心底的疑惑——你和符邵音之間，是什麼樣的關係？

「比起符家道術的氣味，那個人……柯維安的氣，才是最濃厚的……」

「他的血和邵音的，如此接近……」

「他分明，就是符家人啊。」

那一日，水瀾的話語猶在耳邊徘徊不去。

一刻一直想找機會問個明白，只是每當他想提起這問題，總會不湊巧地被外力打斷。

就像此刻，在這輛共有五人的車上，怎麼看都不像是適合提私人問題的好地點。

「小白、小白甜心、小白親愛的。」見一刻盯著自己卻又不說話，柯維安納悶地在對方眼前揮揮手，隨後恍然大悟地一擊掌，「我知道了！我解說的樣子太帥氣，甜心你又再次愛……」

「愛你老木啊！」一刻一掌拍上柯維安的臉，不客氣地將那張娃娃臉擠壓得扭曲變形。

沒有錯過這個時機，蘇染、蘇冉有志一同地舉起手機，精準地拍下這畫面。

兩雙相似的藍眼睛對望，然後默契十足地一致認爲，這照片可以分類到「帥氣的一刻」這個資料夾裡。

「小白，下手輕一點，起碼別打維安的臉。免得晚些時候到了符家，被人誤以爲我們在內鬨也不太好。」安萬里分了點心提醒一刻。

「不對吧？你這根本是在鼓勵小白打人別打臉，其他地方儘管打……有你這麼凶殘的嗎？狐狸副會長！」柯維安悲憤地喊。

「吵死了你。」一刻倒沒眞的實行安萬里的主意，只是將蘇染他們爲自己準備的包子塞進了柯維安的嘴巴裡。

世界瞬間安靜了。

「好了，不鬧你們玩了。原本該是由我和你們到符家沒錯，但我有事要處理，等處理完後會立刻趕回來和灰幻交接。符家的事，只怕不是短短一、兩天就能解決。」安萬里掌控著方向盤，開進了一條山路，「灰幻很可靠的。」

「唔嗯嗯嗯嗯！」可是脾氣超暴躁！柯維安咬著包子，口齒不清地表達意見。

「實力也相當堅強，畢竟是公會的特援部部長。」

「唔嗯唔嗯嗯嗯！」但是對狩妖士都沒好臉色，臉臭得跟什麼一樣。還有還有，小白我告訴你啊……

「鬼才聽得懂你想對我說什麼。」一刻惡狠狠地敲了柯維安腦袋一記，要他包子吃完再說話。

柯維安覷著一刻險惡的臉色，連忙把頭縮了回去，努力地吃著包子。

想到這也算是白髮男孩對自己的愛，柯維安的內心不由得喜孜孜的。

「范相思向我們介紹過灰幻，我們大致知道他。」蘇染說，神情冷靜。

「那麼，必要時就麻煩你們，不要讓灰幻……太不客氣了。」似乎是憶起同僚的性格，安萬里唇邊隱隱透出苦笑，「不過符家那邊也會有人幫忙的，我們已經事先聯繫好，等到約定的地點就知道……學妹，怎麼了嗎？」

察覺到後座的蘇染透過照後鏡注視自己，安萬里有絲疑惑地笑了下，語氣還是一派溫和。

「有件事，想問學長。」雖說就讀的大學不同，但安萬里是要升大四的學生，蘇染也和一刻一樣，以「學長」稱呼對方。她的嗓音有股天生的清冷，使人不由自主地豎耳聆聽。

「情絲，是怎樣的妖怪？不是指麻煩程度，是指她的等級。因為你用來作比較的，正好都是屬於四大妖中的妖狐和吞渦。或許我該這麼問……」

「情絲和四大妖，有關？」彷彿是雙生子天生的默契，蘇冉平淡地接下蘇染的句子。

安萬里的態度看不出哪裡有異樣，不過所有人都感覺到，車子的行進速度在這瞬間放慢了。

半晌後，安萬里嘆笑一聲，「我真該佩服你們倆的敏銳。小白，你的青梅竹馬還真是了不起的人物……只是那麼點線索，也能猜到這邊上來。」

「學長？」

「我也不是故意要隱瞞，本來是要讓灰幻之後再和你們說的。情絲不單和四大妖有關，還是四大妖之一，被稱爲最弱小卻也最棘手的存在。我想，你們現在也知道這稱呼的由來了。」

最弱小——是因爲沒有強悍的力量。

最棘手——是因爲能夠抹滅記憶。

不同於自家的青梅竹馬早有心理準備，一刻被這消息結結實實地震驚到。

包括沒了筆電、無法輕易闖進公會資料庫的柯維安，也險些被還未吞下的包子噎住，費了一番勁才總算順利嚥下。

「不……不是吧，副會長？」柯維安目瞪口呆，「我們這次去符家，原來是要挑戰BOSS了嗎？這等級會不會一下跳得太高了點？」

「說什麼呢，維安？眞正的BOSS可還沒有出現。」安萬里不以爲意地笑笑，將話題帶了過去，「先這樣吧，剩下的事會有其他人再說明的，你們不須一口氣塞太多。符家村在山的另一邊，少說也要再一個多小時才會到，你們就先閉眼休息一會吧。」

安萬里的嗓音溫和輕緩，有著能使人放鬆的獨特魔力。

一刻起初是沒睡意的，可經安萬里這麼一說，忍不住打了個呵欠，乾脆依言閉上眼。

與此同時，從旁伸來一隻手，輕輕覆在一刻眼上，幫他遮擋了光線。

一刻下意識就要張眼，但耳邊的一聲「好好休息」，讓他整個人都鬆懈了。

很快就進入小憩狀態的一刻自然不會知道，蘇染和蘇冉是經過快速的猜拳，最後由蘇冉勝出，獲得了伸手的機會。

安萬里從照後鏡瞧見這一幕，莞爾一笑，再瞥向在副駕駛座上縮成一團，也乖乖休息的柯維安。

安萬里搖搖頭，幫忙將滑下的外套拉起，車內冷氣可是挺涼的，隨即再把全副心神都放到開車上。

車輛安靜迅速地往山路深處駛去，像是要消失在綿延的蒼綠裡。

還未到達目的地，一刻就先醒了過來。

夏季的陽光大得驚人，熾烈的光線從車窗外斜斜照進，烙在皮膚上久了都有種會被灼傷的錯覺。

一刻反射性地瞇起眼，接著才反應過來原本放置他眼上的手不知何時放下了，取而代之的是肩側傳來沉沉的重量。

一刻忍住挺直背、伸展身子的欲望，他轉動脖子，分別往兩邊看去，映入眼中的是蘇染、蘇冉枕著自己肩膀熟睡的模樣。

發現陽光曬在蘇染的半邊身子，一刻盡量以輕微的動作將對方滑落的薄外套拉上。

彷彿感覺到惱人的熱度減退，蘇染微蹙的眉宇鬆開。

經過數年，蘇染和蘇冉本來如出一轍的面龐，如今也因性別變得只剩幾分相似，但仍足以使人一眼就看出兩人間的血緣關係。

算起來，自己和這對姊弟也認識了近十年以上……一刻一邊在心中感嘆著時光的飛逝，一邊努力保持身體不要動彈，就怕驚擾到蘇染和蘇冉。

蘇染也就算了，蘇冉比自己高一些，還硬要靠在自己肩上，就不怕扭到脖子嗎？一刻嘆氣，下一瞬間卻驚覺前方有雙眼睛正瞬也不瞬地盯著自己。

幹幹幹！一刻心裡一跳，髒話差點爆出口，緊接著才意識到那原來是柯維安的眼睛。

那名娃娃臉男孩不知何時也醒了，還採取會被他人認定危險的跪坐姿勢，一雙大眼睛從椅背後冒出來。

一見到一刻注意到自己，柯維安馬上笨拙地拋給對方一記媚眼。

礙於雙手都被抓握住、不好動作，無法用中指表達眞實感想，一刻想了想，最後決定做個無聲的口形，誠摯地告訴柯維安：

你是眼睛抽筋吧，混蛋。

「咦咦咦？小白甜心你說你愛我嗎？」但也許是接收訊息錯誤，也或許是故意接收錯誤，柯維安的雙眼驟然發光，興奮地以氣聲說。

一刻的額角冒出明顯的青筋。

「小白，別在車上打起來，再不久我們就要到集合地點了。」安萬里的音量不大，不會吵到熟睡的蘇家姊弟，也能清晰地進入一刻耳中。

「柯維安，等等下車你過來，我保證不打死你。」一刻扯扯唇角，拉出一抹稱得上猙獰的笑容。

「呃……雖然我愛你，甜心，但我覺得我一定會被你打死。」柯維安抱著胳膊抖了抖，感覺到在一刻皮笑肉不笑的威脅下，背後的寒毛都一根根豎起來了，他連忙聰明地轉向其他安全的話題。

「小白，你們三個人……你和蘇染、蘇冉認識很久了？」

「從幼稚園認識到現在，你說久不久？」一刻果然被轉移注意力。他皺著眉，可眼裡是種懷念又溫柔的光芒，使得他整個人的稜角和鋒利都被磨去不少，「國小、國中、高中都是同一間學校，到大學才分開，不知不覺都有十年了。」

「哇！這可是王道的青梅竹馬梗，而且又是雙胞胎……感覺敵軍強大啊！」柯維安嘀咕著，「這下班代也要更辛苦了……」

「聽不懂你碎碎唸是在唸個鳥。」一刻不耐煩地扔了記白眼，「我回答完你的問題了，換你也說一個情報作為交換。」

柯維安震驚，「什麼？小白你學壞了！以前的你不會這樣的，以前的你上哪去了啊？一定是跟狐狸眼的接觸太多……」

猛地感受到旁邊似乎有股教人不寒而慄的冷氣散發出來，柯維安緊急咬住後半段的字，在一個呼吸間，又面不改色地把話說下去。

「才這麼懂得舉一反三，懂得替自己爭取福利。這是好事，我說真的，信我。」

你再掰嘛。一刻的眼神分明寫著鄙夷。

柯維安只在意自己是否逃過一劫，就算安萬里沒跟著他們一塊行動，對方還是有辦法變著法子折磨他的。

前幾天就聽說警衛部全體要受懲戒的八卦，那懲戒還很喪心病狂。

發覺冷氣「咻」地消失，柯維安吁了一口氣。他看著一刻，不自覺地撓撓臉頰，「小白，那你是要知道什麼情報？人家的三圍早就告訴你了，就連內褲花色你不也都知道了嗎？」

「馬的，誰會想知道那種事啊！」一刻的眼刀又利又狠，巴不得刺穿在大一時會偷偷摸摸把內褲混到自己洗衣籃裡的混蛋，「老子對你的基本資料一點興趣也沒有，我還寧願問你和符——」

一刻硬生生把句尾掐斷，沒真的說出「我還寧願問你和符邵音是什麼關係」。

這種隱私問題，並不適合在現在這個場合攤開來講。

「符？」柯維安看起來似乎真不明白，眼睛眨巴眨巴地回視。

「符……符家村，你對符家村好像很了解，該不會是曾來過？」一刻總算把話題扭轉到另一個方向。

「有啊。」出乎意料地，柯維安坦然承認，「和師父來過幾次，旅費全報公款就是爽……不是，我說我也可以大致當一下導遊喔，小白，還有小白的青梅竹馬。」

一刻這才發現到，枕在肩上的兩顆腦袋早就有了動靜，兩雙相似的淺藍眼睛已然張開。見狀，一刻也不客氣地挺直背，不再出借雙肩。

「要是小白有第三隻手就好了，這樣我也可以抱著。」柯維安語帶羨慕地說。

「神經。」一刻乾脆回了這兩個字，再催促道：「話不要說一半，接下來呢？」

「啊？喔！接下來就是——小白你們往外看，我們已經進入符家村啦！」

像是為了特意能讓車上的人好好欣賞風景，安萬里放慢車速。

從車裡向外看出去，可以見到大片稻田環繞在主要幹道周遭。還未到結穗的時候，因此田裡盡是碧綠的扁長稻葉，但卻有稻草人插立其中，數量大約有數十個，密集程度可謂高得有些古怪。

「旅遊資訊上說這些稻草人也是寂言村的特色，裝飾用的功能高於驅趕鳥類。只是它們讓人感覺有點不對勁，我的直覺。」蘇染推推鏡架，藍眼微瞇。

確實正如蘇染所說，田中的稻草人也讓一刻無來由地感到不對勁。

那些稻草人身上穿著衣物，顏色不是紅就是黑，臉部的位置則是套了個小型的麻布袋。袋上隱約能見到蠟筆塗畫的簡陋五官，只是該是經過風吹日曬，顏色掉落不少。

即使麻布袋旁有人像是玩心大起地紮上一朵花或是其他什麼的，整體造型還是給一刻難以言喻的……詭異感。

「這在半夜看活像是鬼片現場了吧……」一刻喃喃地說，旋即像是憶起什麼，飛快地望向蘇染。後者彷彿明白他想問的，不著痕跡地微搖下頭。

柯維安沒發現後座的交流，繼續盡責地介紹：「那些稻草人其實不是用來趕麻雀用的，否則也不會那麼早就立起。它們啊，是祭典用的喔，小白。」

「祭典？」

「沒錯，和班代家一樣，符家也有個按時舉辦的祭典，不過規格比班代家的大上許多。真要說的話，楊家比較偏向儀式，符家就是貨眞價實的大型祭典。」

「也就是說，那些稻草人被擺出來了，表示祭典就是最近或是現在？」

「賓果，小白你眞聰明！」柯維安咧開大大笑容，「再過幾天就要開始了，符家的——」

「乞月祭。」

第三章

乏月祭是怎樣的祭典？

那些詭異的稻草人，在祭典中又扮演著什麼樣的角色？

這些，一刻還沒來得及問出口，就被眼前的景象攫去注意力。

沿著主要幹道，他們的車已進入村莊。稻田可說像是一片城牆，環繞在村莊外邊，將屋宅包圍在中央。

雖然名為村、又位於鄉間，但寂言村的機能顯得相當健全，沿路而來，不乏見到商家聚集、公家機關林立。

只不過看起來應該要很熱鬧的街道上，卻是冷清得出人意料。

一刻都記不得自己是看到第幾棟大門深鎖的建築物了，就連行人也三三兩兩。

這是怎麼回事？

「有祭典，為何人少？」蘇冉摘下一邊耳機，宛若在側耳傾聽什麼。

「因為那是只有少部分符家人能參與的祭典，其他人在祭典前就會先離開村子，直到祭典結束後再回來。」回答的是前座的安萬里，「另外兩家的主要人物，則會受邀為賓客，一同旁觀這場祭典。至於神使公會……」

安萬里頓了下，意味深長地說：「基本上只有帝君受到邀請，畢竟符家是出了名地討厭妖怪哪。」

一刻從中隱約嗅到什麼。

假使符家不喜妖怪，但公會卻又找了灰幻作爲代表和當他們的監護人……

「慢著，學長，我們眞的有辦法在符家好好調查嗎？他們確定不會把我們轟出去？」一刻眉頭整個擰起。

「別擔心，小白。我不是說了嗎？到時符家會有人幫忙的，或者說，狩妖士那邊。再加上乏月祭，大部分村民會離開，天時、地利、人和，該有的條件都齊了。那麼接下來，就看你們的了。」安萬里作結似地說，「好了，記得幫我向楊家和黑家問好。」

隨著話聲落下，一直保持平穩駕駛的安萬里猝不及防地煞車。

後座的人還好，但是跪坐、還背對前方的柯維安，這次是眞的結結實實地撞到了腦袋，疼得他的眼睛差點飆出淚來。

柯維安摀著頭，正打算控訴安萬里的暴行，沒想到說時遲那時快，除了駕駛座門以外，其他三道車門霍地自動開啓。

「所有的悲劇以死亡結束，所有的喜劇以結婚告終。」（出自拜倫詩集）

當那道平和親切的嗓音一響起，一陣看不見的無形勁道，頓時不怎麼親切地將車上的四名乘客彈撞出去。

其中柯維安摔跌得最狼狽，簡直都四腳朝天了，屁股和腦袋的疼痛一塊襲來，讓他忍不住哇哇哀叫。

而罪魁禍首的安萬里就像沒事人一樣，一如往常地彬彬有禮，在微笑地拋出「你上回幫了黑家的忙，他們很感謝你呢，維安，這次記得也加油」後，就毫不留戀地開著車揚長而去，留下被他丟著的四名學弟妹。

「什麼鬼……」一刻目瞪口呆，被這突來的舉動弄得有些發懵。

蘇染和蘇冉第一時間確認一刻無事，隨後便打量起他們目前的所在地。

一間小郵局前。

由於正逢假日，鐵捲門完全放下，但可以看見騎樓下有條人影。

「小白啊，比起去猜那狐狸眼的在想什麼……你不覺得先拉我一把比較符合同伴愛嗎？」柯維安可憐兮兮地呻吟，嘴上不忘抱怨著安萬里，「那個可恨的、肚子裡裝黑水的狐狸眼，明明不用唸台詞也能使用力量，他就一定要騷包地搭配那些文藝句子……有本事他唸蒼井索娜片子裡的台詞啊！」

「蒼井索娜，誰？你的心肝又掉了嗎？」

突如其來的低沉男聲落下，一併落下的還有大片陰影。

柯維安愣住，剩下的抱怨句子也含在嘴巴裡，忘記發出。他睜大眼睛，看見自己的後方無聲無息地蹲著一個人。

那人穿著連帽外套，低著頭，淺灰色的眼珠不偏不倚地就在柯維安的視線正上方，那凌厲的色澤讓人不自覺地產生自己被狼盯住的錯覺。

柯維安的腦子有剎那的呆滯，下一瞬間，安萬里留下的話語在他耳邊復甦。

「你上回幫了黑家的忙，他們很感謝你呢，維安，這次記得也加油。」

黑家、黑家……那雙像狼的眼睛，還有那令人火大的存在感……

「我靠！黑令!?」柯維安大驚失色地彈坐起來。

顯然黑令也沒預料到柯維安會有這麼猛烈的爆發力，在尚未反應過來之際，下巴頓時被對方的腦袋重重磕上。

聲音響亮得很，由此可見力道有多大。

一刻沒去管抱頭縮在地上的柯維安，和面無表情也不知道到底有沒有覺得痛的黑令，他的注意力被另一抹自另一端走出的人影拉走了。

那是名簡單打扮卻仍顯得艷麗非凡的女孩子，姣好的容顏不論在何處，都容易成爲注目的焦點。

「楊百罌？」一刻的吃驚只是瞬間，很快就想通對方出現在這裡的原因。「妳是楊家代表？」

「我是楊家家主，自然是由我承擔這項職責。」楊百罌板著臉蛋，看似一貫的冷漠高傲，可一雙美眸控制不住地暗暗瞥覷著一刻身邊的長辮子女孩，手指也無意識地捲著髮尾，洩露了一絲細微的緊張。

那是誰？和小白又是什麼關係？

縱使內心的疑問如沸騰的熱水，咕嚕咕嚕地朝外湧冒，楊百罌表面還是沒顯露出明顯動搖。她極力將視線移回，不希望自己的小動作被一刻發現。

她不想讓對方覺得自己是在打探什麼。

深呼吸，楊百罌，平常心，記得自己的職責……

楊百罌在心裡默唸幾次，在確定自己可以完美地展現儀態後，她微抬下巴，讓沒有特殊起伏的冷淡聲音逸出，「希望你別連這種小事都忘記，小白。還有你們比約定的時間遲了五分鐘，我以爲守時應該是……是……」

楊百罌突地像聲音卡住似地，後面的句子遲遲無法說得順暢。

這名褐髮女孩慢了一拍意會過來，自己的語氣沒有問題，然而內容怎麼聽都像在指責。

楊百罌倏地咬住下唇，被髮絲遮住的耳朵尖霎時無可避免地發燙。

天啊，又搞砸了嗎？楊百罌只覺熱氣一口氣往四肢百骸擴散，她怕自己的臉也跟著紅了，急忙結結巴巴地再拋出一句。

「我是說、是說……其實是我早到了，就是這樣！」

說完，也不敢再多看一刻的表情，楊百罌飛快地轉過身，將後腦留給了對方。

「啊？啥鬼啊……」一刻只感到一頭霧水，但也沒多問，反正他聽得出對方並沒有惡意。只是最近不知道怎麼回事，楊百罌似乎常會出現話說到一半，不自然轉折的情況，讓人怎麼想也想不通。

……好吧，女孩子果然是讓人難以理解的生物。一刻最後作結般地想著。

與此同時，蘇染也在觀察那名一開始呈現冷傲姿態，但沒一會兒就陷入羞窘的褐髮女孩。她從一刻和蔚可可那聽說過對方。

楊百罌，是中文系的班代，也是楊家的狩妖士，和一刻的半妖神使更是孿生姊弟，只不過身上並沒有繼承到屬於妖怪的血統。

況且，明眼人都看得出來……

「情敵？」蘇冉低頭，沉靜的兩字落入身旁女孩的耳裡，那是唯有他們姊弟倆才能聽見的音量。

「顯然是。」蘇染說。

「那麼？」

「敵不動，我不動，不須特別讓一刻注意到。」

「嗯，同意。」

「你覺得一刻會喜歡有落差萌的個性嗎？」

「無法評斷，難說。」

這對姊弟的對話進行得低調、迅速又不引人注目，就算是平時自認對八卦敏銳的柯維安，也無從捕捉到。

事實上，柯維安還處於眼冒金星的狀態。他抱著頭，連阻止黑令拿樹枝戳自己的餘力也沒有。

天曉得那個巨大倉鼠混蛋是從哪裡撿來了樹枝！

雖然沒有聽見蘇染、蘇冉間的私下交流，不過似乎是出自某種直覺，一刻還是狐疑地轉過頭。

兩雙平靜的藍眼睛非常坦然地迎視回去。

是自己想多了吧？一刻收回目光，想起了楊百罌身邊還缺少一抹熟悉的翠綠影子。

「楊百罌，珊琳呢？她沒跟妳一起來？」一刻問道。

「珊琳留在家裡陪我爺爺。」楊百罌回過頭，神情已整肅得差不多，談論自家的守護神反倒能使她冷靜下來，「也要有人盯住爺爺，免得他上網上到半夜。這回的乞月祭觀禮，就沒帶著她一起過來了。」

「咦？怎麼這樣——」這聲震驚的大叫當然不是出自一刻。前一會兒還沉浸在三連擊疼痛中的柯維安一聽見關鍵字，馬上撥開還轉著不停的金色星星，挺直腰桿跳了起來。

「班代、班代，爲什麼不帶珊琳一起來？沒有小天使的治癒，只有一群過保鮮期的男人……這要人家的人生怎麼辦？」柯維安捧著心，一臉痛心疾首，雙眸裡彷彿還噙著兩泡淚水。

「直接燒了，火化吧。」被指過保鮮期的一刻冷酷地一掌搧到柯維安頭上，將對方重新拍回那堆金星裡。

對柯維安淚眼控訴的表情視若無睹，一刻決定讓屬於正常人範疇的對話運作下去。

「楊百罌，不用理那小子。剛剛忘記向妳介紹了，女孩子的這位是蘇染，染色的染，是姊姊。男孩子的是蘇冉，冉冉的冉。他們是我從小就認識的朋友，也是神使。附帶一提，還是雙胞胎。上回在水瀾的事情中，他們也幫了大忙。」

「……楊百罌，初次見面，你們好。」楊百罌的性格高傲，可在禮節上卻也不會馬虎，更何況面前的雙胞胎姊弟還是一刻的朋友。

縱然不知道所謂的「從小」是指從多久以前，但是從三人間的相處和互動來看，心細如楊百罌，已隱約猜出一刻以往頻繁用手機聯繫的對象，或許就是他們。

楊百罌向之中的蘇染伸出手，艷麗的眸子不閃也不避，筆直地注視那雙在鏡片後的清冷藍瞳。

楊百罌有種模糊的猜想，這名女孩子……恐怕也和自己一樣。

對於一刻的心情。

「初次見面，妳好。」蘇染也伸出手，沒有遲疑地握了上去。她輕輕地對楊百罌點點頭，有若肯定對方心中此刻的猜想。

兩名風格迥異、但同樣美麗的女孩站在一起，形成了賞心悅目的一道風景。

只不過望見這幕的柯維安，卻不禁縮縮肩膀。

「天啊，我好像看見有閃電在劈啪作響了……」

「天氣很好，沒有閃電。眼睛有問題，就去看個眼科。」從開頭只說過一句話就一直保持沉默的黑令再度開口。

像是覺得屈蹲太久，黑令扔下樹枝，直起身子，修長的雙腿跟著伸展，登時更是帶給猶蹲著的柯維安大大的壓迫感。

「靠，那只是比喻、比喻，你要分不出來，乾脆喵一聲就好，省得還說那些五四三的。」

柯維安飛快也站了起來，一點也不想要被罩在黑令的陰影之中。

沒想到抱怨剛說完，柯維安就眞的聽見了一聲「喵」。

他扭過脖子，瞧見灰髮的高大青年也正沒有表情地盯著自己。末了，像是確認自己是否有聽見般再度開口。

「喵？」

喵個頭啦……柯維安無力地揉揉臉，他只是隨便說說，誰會想聽一個大男人在那喵的，就算是吱也不萌。

「不過要是讓我家小白……」等等，他是不是把眞心話不小心說出來了？

柯維安僵著表情，慢慢地往一刻方向望去，有種大禍臨頭的不祥感覺。

一刻勾出猙獰的笑，十指折得卡卡作響，「柯維安，你給老子過來，我保證絕對不打死你。」

「但、但是，小白你的表情看起來就像要把我打個半死啊！」柯維安臉色發白地哀號，卻忘記即使他自己不走過去，不代表一刻就不會親自走過來。

眼見一刻帶著凶暴的笑容大步接近，柯維安下意識就想朝女孩子投予求救的訊號。

然而先前握手時好似有閃電劈下的蘇染和楊百罌，現在赫然有如找到某種共通話題，雖然態度和熱絡沾不上邊，卻又有種奇異的和諧感。

她們兩人肩並著肩，交頭接耳。一人推推眼鏡，一人是臉上閃過淡淡紅暈，目光則都是不時地落至同一個對象上，還能聽見幾個字彙飄出。

「貓派……」

「狗派……」

「喵比汪還可愛……」

「……萌。」

柯維安張口結舌，隨即沉痛地醒悟到：女孩子這種生物，在互爲情敵的同時，原來也是可以成爲同一陣線的盟友。

換句話說……估計在討論他家小白是「喵」還是「汪」比較萌的兩位女性，根本就不會理會他的求助！

想通這點的柯維安花容失色，就在他準備拔腿遠離逼近的一刻的剎那，大多時候都保持安靜的蘇冉倏地舉起手。

「有聲音，一刻。」

簡潔的話語，登時讓一刻煞住腳步。

「引擎聲，接近中。」蘇冉摘下一邊的耳機，轉頭望向另一端的路口。

柯維安吃驚地發現到，一刻毫不猶豫就相信蘇冉的話，放棄對他的追擊，改爲大步走近蘇冉身側。

問題是，他沒聽到什麼引擎聲啊……柯維安茫然地眨眼，努力豎耳聆聽，依舊一無所獲。

一沒了他們吵嚷的聲音，路上安靜得有些嚇……等等！

柯維安瞪大眼睛，忙不迭地扭頭盯住路口處。

眞的有聲音出現了，由小變大，越來越大，越來越接近，簡直就像一陣旋風！

柯維安飛快瞥了眾人一眼，一刻和蘇染對於出現的引擎聲都像是早有準備。這看起來就像他們認爲蘇冉不會說錯，他們確實相信蘇冉比所有人都能早一步聽見聲音。

想到這裡，柯維安的視線改落至蘇冉的耳機上。他若有所思地瞇起眼，依稀從中猜到了什麼。

很快地，那陣就算用「粗暴」來形容也不爲過的引擎聲，近得像貼在眾人耳邊。

不止如此，還有輪胎高速摩擦地面的尖銳音響。

「車主是不知道什麼叫公德心嗎？」楊百罌的細眉不悅地蹙起，臉色也沉下。

她話聲甫落下的瞬間，一抹灰色車影猛地從路口外拐進，絲毫沒有減速打算地往前直衝。

接著，一陣刺耳的煞車聲驟然劃破街道的寧靜。

以爲會疾速駛去的銀灰車輛，在郵局前猝然來個緊急甩尾，從對向車道凶暴又完美地切過來，精準地停在一刻等人正前方。

因車速帶動的氣流，將一群年輕人的衣角吹得颯颯飛起，卻吹不散他們臉上的錯愕表情。

彷彿不覺自己開車方式有多危險，灰車車主慢條斯理地打開車門，從駕駛座內跨出。

如果有一般人在場，他們一定會爲車主的年紀大感震驚。那壓根就不到能擁有駕照的法定年齡，實在是年輕得太過分，怎麼看都像是十四、五歲的少年而已。

「灰……」柯維安好不容易終於從嘴巴內擠出聲音，他氣急敗壞地跳起來，手指恨不得能戳到對方的臉上，「灰幻！你是想要謀殺我們嗎？不管你再怎麼討厭符家，也用不著把氣出到我們身上吧？居然完全不減速就衝過來！」

「別說蠢話了，我有撞上你們嗎？等有的時候再來跟我哭。」灰髮、灰衣，身上像被同一個顏色佔據的青稚少年冷著臉，中性的嗓音似乎隨時隨地都透著一股子暴躁。那異於常人的眼珠橫過在場眾人，宛如在核對人數。

然後灰幻張開手指，停在他旁側的車輛竟在眨眼間分崩離析，化爲碎沙地嘩啦落下。

等到灰幻再一握手指，所有沙粒頓時匯聚一起，最後成了一顆不到拳頭大的石塊。

收起石塊，在公會裡素來以脾氣差聞名的特援部部長不耐煩地說：「安萬里告訴我有六個人，所以在那邊傻站著的兩個呆子，又是怎麼回事？」

一刻等人反射性地順著灰幻舉起的手指望過去。

沒有了車子的遮擋，所有人都可以清楚看見，就在另一頭，站著兩名目瞪口呆的少年。他們看起來相貌平凡，似乎一丟進人群中就認不出來。

可是，柯維安認得他們是誰，他知道自己身邊的人大多也認得。

他們是伍書響和陸梧桐。

他們就是水瀾事件中的小伍和小陸。

伍書響和陸梧桐可沒有想到自己要來接的，會是就某方面來說稱得上是認識的一票人。

符家的乏月祭舉行在即，按照傳統慣例，村裡除了符家的主要弟子和部分僕役，其餘人都會暫時離開村子。

另外，他們還會邀請黑家和楊家的重要人物前來觀禮。

伍書響和陸梧桐就是負責前來迎接黑家和楊家的人。

他們收到的消息是，屆時會有楊家現任家主，以及黑家下任家主候選人前來，卻無論如何也沒預料到，當他們抵達指定地點時，見到的不僅僅是楊百罌和黑令，居然還多了神使公會的一群人！

偏偏那些人還是前陣子曾在繁星市對上的，就算後來勉強算是消弭彼此之間的衝突了，然而再一次面對他們，要說心裡面不尷尬，那肯定是騙人的。

伍書響和陸梧桐當下表情有些僵硬，一時還真不知該怎麼應對才好。

上面的人可沒有交代……會有神使和妖怪也跟著過來啊！

那個灰髮的矮個子絕對是妖怪，人類的虹膜不可能會是白色！

但即使如此，伍書響和陸梧桐也不敢貿然質問對方身分。畢竟當初看起來沒半點實質威脅性的范相思，都能是神使公會的幹部了，誰曉得灰髮的那人會不會又是什麼部長？

兩名少年還真不知道，他們的確在誤打誤撞下猜中了灰幻的身分。

就在伍書響和陸梧桐絞盡腦汁地思索該拿什麼話作開場白比較好，耳邊就先聽見那次事件中，揍人揍得最狠的白髮男孩狐疑地問了。

「這兩個是不是什麼五六……好像有點印象，又沒啥印象。」

「幹！我還五六七八咧！是小伍和小陸啊！什麼叫有點印象又沒啥印象？」性格較衝的陸梧桐馬上惱怒地喊道：「你這人的記憶力是怎麼回事？伍書響和陸梧桐，給我好好記……！」

「沒事、沒事，不要理小陸，這人就是管不好自己的嘴巴。」伍書響眼明手快地摀上同伴的嘴，先是惡狠狠地瞪了對方一眼，再轉向自己比較熟悉的楊百罌，賠著笑臉。

「抱歉啊，前輩，讓妳見笑了。我們是來帶前輩你們到本館去的，不過……呃，其他人是？我們只收到楊家和黑家會派代表來的消息……」

他的言下之意，是想問怎麼會有非受邀賓客的神使公會成員在場。

可令伍書響大感震驚的是，印象中高傲不苟言笑的楊家家主，竟是臉色微紅，有絲結巴又強硬地說：

「他……他們是我的家屬，和我一同代表楊家。」

好吧，人家都表明那是自己家的一分子了。

於是伍書響相當識時務地閉上嘴巴，不忘也給陸梧桐一個禁止多問的警告眼神。

顯然陸梧桐也懂得何謂看氣氛，他像是想要唸唸有辭地咂了幾下嘴，不過最後還是不敢多蹦出一個字。

伍書響鬆了一口氣，慶幸對方沒有再給他扯後腿。畢竟不怕神一樣的對手，就怕豬一樣的隊友。

想著待會回去本館恐怕會引起一陣騷動，伍書響忍不住又多瞄瞄楊百罌和她身後的那些人，嚥下差點湧出喉頭的那句感嘆。

——楊百罌前輩，妳的「家屬團」會不會也太龐大了啊！

面對那麼一大票人，還是受到邀請前來的客人——雖然有半數以上根本是不請自來——伍書響和陸梧桐自然不可能讓賓客們用走的前往符家。

他們有開一輛車過來，也幸好是能容納多人的廂型車。

只是在安排車位的時候，又發生了一段小插曲。

「小白、小白，你的兩邊是你的青梅竹馬要坐嘛？那我提議我橫躺在你們的大腿上！」

「我提議你乾脆滾到車廂上趴著吧。」

最後，前排是蘇冉、一刻、蘇染、楊百罌，後排是黑令、柯維安還有陸梧桐。

照理說，該是符家兩名年輕的狩妖士坐在正副駕駛座，但在灰幻以一句「有障礙物擋在我前方，會讓我覺得不爽」，不容反駁地佔了副駕駛座的位子。

那張天生看起來就像缺乏耐心的冷硬側臉，讓在旁的伍書響莫名地感到壓力。

伍書響小心翼翼地開車，大氣也不敢吭一聲。他對先前見到的景象仍記憶猶新，他總算知道爲什麼楊百罌等人不是直接約在他們符家前了。

以灰髮少年粗暴驚人的開車方式，簡直活像是來上門踢館的，到時候只怕會先引得其他符家弟子衝出來，將人視作挑釁者地全面戒備。

從村裡的小郵局到符家並不用花太多時間。

隨著伍書響將車開往郊外，大約十幾分鐘的車程，車上人就能看見一幢佔地廣大的宅邸矗立在前方。四周磚牆環繞，正中央的黑鐵大門敞開，顯然是早就做好了歡迎客人到來的準備。

一刻咂下舌，符家比他想像中要來得大，不遜於當初他們去過的楊家，也許面積還要更加廣闊些。

車子沿著主要道路駛進，路旁兩側栽種筆挺的樹木，使得這路成了一條林蔭大道。

而道路的盡頭，正是符家本館。

從外觀來看，是棟氣派的建築，融合了中西風格，只是它的外牆卻突兀地爬滿爬牆虎。那些青綠的藤蔓葉片恣意生長，幾乎把兩側的牆都佔領了，就連屋頂也有部分被它的勢力入侵。

猛地一看，符家本館有如要連同那些綠色，隱沒在後方的山林中。

與本館隔了一段距離的斜後方，還有一棟六層樓高的樓房。

曾來過符家數次的楊百罌，打破了車上的沉默，「本館後是符家的別館，一般我們狩妖士來這開會，都會住在那。」

「對對對，你們這次也是要住在別館。別擔心，都打掃乾淨了。」伍書響立刻感到如釋重負地接著說。

一路上都沒有人說話，旁邊的灰幻又帶來壓迫感，氣氛簡直壓抑得讓人有些喘不過氣。而黑令還在吃著自己帶來的南瓜子，那細微規律的卡滋聲響不住迴盪，伍書響都覺得像是種折磨了。

「少主應該還在本館……呃，館裡也會有其他人在，大家都是在忙乏月祭的事，不用在意沒關係。」伍書響替本館前停放了眾多車輛的情況做了解釋，同時停好車，讓客人依序下車。

這麼近的距離下，一刻更可以感受到符家本館的磅礡壯麗，但他唯一的感想只有——

「這麼大的地方，要打掃多久才掃得……」

一刻的聲音驀地頓住，像是被某種景觀吸引了注意力。

蘇染和蘇冉最快察覺到異樣，接著是柯維安。

「小白，你的『完』字呢？你在看什麼……」柯維安下意識也往一刻他們望去的方向一瞥，然後換他也哽住。

本館邊側除了栽種林木外，還搭著長長的花架。不知名的植物攀繞得厤密，上頭開綻著小小的白花，碧綠的葉片捲曲地垂了下來。

而讓柯維安說不出話來的不是花架，而是緊鄰花架的其中一棵樹。

那上頭，赫然有雙細瘦的小腳垂下！

從跟著垂落下來的裙襬一角來看，腳的主人該是女孩子，而且還是個年歲不大的女孩。

沒有穿上鞋襪的雙腳白皙得不可思議，在林蔭間彷彿還呈現著透明感，給人一種不真實的感覺，如同白日下轉瞬即逝的幻象。

「小孩？」柯維安不假思索地脫口喊道。他的聲音不大，沒有驚動到躲匿在樹上的身影。

「柯維安看到了，我也看到了……蘇染，是一般的小孩子沒錯吧？」一刻壓低聲音。

大白天的，無預警見到一雙白得過分的腳從樹上垂下，也很難讓人不去聯想到一些靈異方面的事。

特別是，七月可也到了。

「嗯，不是什麼不科學的存在。」蘇染說。

「什麼東西？你們幾個到底在看什麼……哇靠！那裡怎麼會有一雙腳!?」陸梧桐不轉頭還好，一轉頭頓時震驚地倒抽口氣。

聽見他的大呼小叫，伍書響也反射性仰頭搜尋。

當那雙小孩的腳映入眼中，伍書響一怔，緊接著恍然大悟，臉上的表情也轉爲緊張。

「小小姐？小小姐妳怎麼又跑出來了？」伍書響急急地大叫，往花架跑去。

「小……對喔，是小小姐！」陸梧桐一拍額，慌慌張張地也跟著上前。

上一秒還悠然自在垂晃的小腳霍地收起。

下一秒，樹間一陣細微的響動，一抹白色的嬌小人影迅雷不及掩耳地跳下，在伍書響和陸梧桐追上之前，就飛也似地跑得無影無蹤。

雖說只有短短刹那間，一刻等人還是看清了人影的面貌。

那是名白髮小女孩，長長的馬尾紮在右邊，沒有被長袖洋裝遮住的皮膚雪白得驚人。青稚的臉蛋還保留一點未褪的嬰兒肥，看起來應該挺討喜，卻被平板的表情破壞了。

那雙大而圓的眼睛讓人看不出情緒，最重要的是，它是異於常人的紅。

白髮、紅眼，還有像失去色素的白皙皮膚……

「有著不錯靈力的白子，但也不到令人大驚小怪的地步。」灰幻最快收回視線。對妖怪而言，那樣的髮色和眼色，只不過是稀鬆平常的景象。

「什麼？灰幻你怎能那樣說？那小女生超可愛的好不好！還是白子，就像小白兔一樣，萌度超高的！小白，她跟你都是白頭髮耶……你們站在一起一定像兄妹！」柯維安幻想了下那畫面，臉上浮起暈陶陶的笑容。

「老子這是染的，又不是天生的。」一刻鄙夷地瞪去一眼，隨即不再理會陷入妄想的娃娃臉男孩，改看原本要追著小女孩，卻慢上不止一步的伍書響和陸梧桐，「你們叫她小小姐？」

「符家，有這樣一個小孩子嗎？」楊百罌微蹙眉頭。以往來參加狩妖士會議時，她都不曾遇見過，也沒聽到有人特別提起。

「符芍音……符邵音的孫女。」

低沉溫呑的嗓音，霎時引得眾人回過頭。

「爲什麼你這傢伙知道！家主明明要我們大夥別多嘴說出去的！」陸梧桐一看是黑令，當下臉色一變。他想指著對方鼻子，好加強逼問的氣勢，可不論對方的身高高他那麼一截的這事實，一回想起黑令的眞正本事，他就沒有那個膽子敢眞的伸出手。

「你……有誰跟你說過小小姐的事嗎？但不可能啊……」伍書響同樣藏不住錯愕。

從黑令口中聽到那個人名，他甚至感到匪夷所思。

「總會有人管不住嘴巴，管不住的，也不在意我是否在場。」黑令如同描述別人的情況，語氣平鋪直述得可以。

伍書響和陸梧桐瞬間聽懂了，他們的臉上青白交錯，尷尬地別開目光。

——在絕大多數人將黑令當成廢物的時候，也總會有人視他的存在為無物，高談闊論地談及不該輕易外洩的家族事務。

「咳，小小姐是家主的孫女沒錯，也就是少主的女兒，她平常總喜歡躲起來……總、總之，我們先去見少主吧。」伍書響倉促地帶過話題，趕忙和陸梧桐領著一行人進入屋內。

見少主？所以為什麼不是家主？按理來說，不是該和符邵音見面的嗎？

一刻心底覺得有異，他不自覺看向隊伍中可能和符家有關的人，隨後驚訝地發現到，柯維安停佇不動，若有所思地凝望著符家大宅，眼裡是諸多情緒閃動。

凌厲、懊悔、迷茫……最終是歸為平靜，有如什麼事也沒發生過。

似乎是注意到一刻的視線，柯維安倏地抬起頭，露出和平時無異的開朗笑容，還有點傻乎乎的。

「小白！」

「走開，別巴著我不放！」

一刻惡聲惡氣地拍開想貼黏上來的身子，沒有多提一句自己剛才見到的。

他肯定柯維安絕對和這裡有什麼關係，但那小子眞不想說的話……

那麼，他就不問。

第四章

符家本館的構造出人意料地複雜，走廊彎彎繞繞，代表不同廳房的門扇林立。

假使是第一次來這的人，在沒有任何帶領下，只怕真會在裡面迷路。

一路走來，一刻等人確實看見不少人忙進忙出。

他們有的會和伍書響和陸梧桐打招呼，再恭敬地向楊百罌問好；有的是匆忙得連投來一眼都沒時間。

而落在一刻他們身上的，則大多是狐疑，像在猜測他們的身分。

從那些沒有摻雜警戒的眼神來看，一刻可以判斷灰幻可能是用了什麼方式，讓自己看起來和尋常人無異。否則單憑他奇異的眼睛，就足以掀起騷動。

伍書響和陸梧桐帶著他們先到一間像用來會客的大廳，只不過卻在那裡撲了一個空。

正當伍書響打算抓住正好經過的師兄弟詢問，另一邊的房門猛地打開，有名男子從像是書房的地方大步走出。

男子穿著白襯衫，領帶鬆垮地掛著，氣質上接近商業人士。他的外表清爽，剪得短短的頭髮讓那張臉孔顯得更年輕，讓人一時無法判斷他的實際年齡。

「我說了，就由我來負責，你們去做自己份內的工作！」男子似乎還沒發現一刻他們，回頭朝後方嚷了聲。

後頭很快追出幾名中年人，他們像是想阻止男子的決定，七嘴八舌地勸著，還有人伸出手打算直接攔下男子。

而伸手的那人，就這麼撞見站在走廊上的另一群人。

「小伍、小陸？」一認出是小輩，那名中年人原本要揮手驅趕，可緊接著，他看見了兩人身後的楊百罌。

論年紀，那名褐髮女孩都可以當他的女兒，但對方的身分卻比自己高了好幾階。

「楊……楊家主!?」

這聲叫嚷，頓時讓男子與其他人愣住了。

「少主，我們把客人帶回來了！」趁這個空檔，伍書響飛快喊道：「那個……其他幾位是百罌前輩的家屬。」

顧及到有太多人在場，伍書響暫時隱瞞了那幾位「家屬」還是神使公會成員的事實。

陸梧桐不太能明白伍書響的話怎麼只說一半，張嘴就要將後半段補上，可立即挨了來自身旁的一腳。

「狩妖士小鬼都蠢到沒大腦嗎？」有人用僅有陸梧桐聽得見的音量說，那聲音乍聽下難分男女，「你想召告天下這裡就有神使公會的人在？」

陸梧桐反射性便要跳腳，只不過一發覺重重踩自己一腳的人竟是灰幻後，登時震懾在那雙奇異的眼瞳下。

被中年人們攔著的男子沒有忽略了伍書響、陸梧桐怪異的表情，如同從中嗅到什麼難言之隱，露出一抹爽朗的笑容。

「小伍、小陸，麻煩你們先帶客人到大廳去吧，我馬上就過去。」說著，男子還不忘對晚輩們擠眉弄眼。

那小動作立時緩解了兩人的緊張。

「好了，各位有什麼要上報的就快說吧，不過這不能改變我的主意。」

「少主，乏月祭的每件事，用不著你全部身體力行……」

「老羅說得沒錯，你的職責就是多待在本館裡。」

「嗯，可是只待在家裡，沒做什麼事，總讓我覺得像個閒人……好不容易我回到這個家了，也讓我多盡一些心力哪。」

「少主……」

「啊啊，當時趕緊把少主你找回來果然是正確的！」

中年人們你一言、我一語地圍住了身為符家少主的男子，似乎感動得熱淚盈眶。

伍書響、陸梧同利用這機會，再次將一刻等人帶到大廳。

爲了能有個不受干擾的談話空間，會客大廳特別設了門，只要關上門，就可以達到良好的隔音效果。

實心的木門甫闔起，兩名年輕的符家弟子就感受到多道視線射了過來。

有質疑的、困惑的、銳利的，也有人是完全看都不看他們一眼。

那個人就是黑令。

高大的灰髮青年自動挑了個位子坐下，就像不願再多搭理人，或者說是自顧自地發呆。

「那是誰？我以爲符家的負責人該是符邵音？」灰幻不客氣地直呼符家現任家主的名字。

「符家主呢？」楊百罌不會疏忽稱呼上的禮節，但她的眸光凜冽，與生俱來的高傲氣勢更是使她在質問時散發著強勢的魄力。

「家、家主身體不適……」面對單手扠腰、冷冷直視自己的楊百罌，伍書響和陸梧桐的話說得都不流利了。他們結結巴巴，你一句、我一句地試圖解釋。

「范相思沒跟你們說過嗎？」

「她那時候也有聽到……我們家主在狩妖士會議結束不久後，就臥病在床了……」

「說、說是病，但醫生檢查過，診斷是長年勞累，積……積什麼疾的！」

「積勞成疾，不會成語還用個屁。」一刻抱胸，將至今所知的訊息迅速整理一遍，「也就是說，因為符……你們家的家主病了，才臨時找回她兒子來代打？」

「從那人的說法判斷，他離家許久，和符家主的關係處於某種尷尬嗎？」蘇染流暢地接話。

這種和一刻宛若合作無間的相處模式，讓楊百罌下意識多望了蘇染幾眼，心頭微微發堵。

「范相思可沒跟我提起。很好，等著電話被我打爆吧。」灰幻重重彈了下舌，臉上絲毫不掩不悅之色。

伍書響和陸梧桐嘴巴開開，沒想到自己都還沒說完，就先被猜了個七、八分。

「靠，你們是怎麼知道的啊？少主的確離開符家很多年了，家主病倒，幾個老頭子才急忙把人找回來。」

「呃……因為小小姐的年紀還太小……你們別說出去，小小姐是家主屬意的下任繼承人。可是你們也看到了吧？雖然從小就是由家主訓練，但她才幾歲，沒辦法主持乏月祭。」

「我有疑問。」柯維安驀地舉起一隻手，「你們的說法，好像是那位可愛的白子小姑娘是住在這裡的，而她的爸爸……也就是那位少主先生不是？」

由面前兩名少年的呆愣表情看來，柯維安知道自己猜得八九不離十。就在他準備再問下去之際，蘇冉霍地出聲。

「一刻。」安靜寡言的俊秀男孩說，「有人來了。」

幾乎話聲落下沒多久，會客大廳的門後就像印證他的話般傳來了門把被轉動的聲響。靠著門的伍書響和陸梧桐嚇了一跳，飛快跳開，也不敢再多談論家族裡的事。

柯維安張大眼，這次他可以打賭，那名藍眼男孩的聽力絕對非比尋常。

「就不曉得他還能聽見什麼了……我家小白身邊的人都很厲害哪。」柯維安摸摸下巴，眼裡有股得意，彷彿覺得與有榮焉。

隨即柯維安反應過來，自己攀話的對象竟是黑令。

被當成攀話對象的黑令擺明就是一副沒在聽的狀態，淺灰的眼珠也沒瞥過來，只是自顧自地從外套口袋摸出裝成小包的南瓜子。

「不是吧？你這東西真吃上癮了？上輩子倉鼠轉世嗎？啊啊，給我打住！」見黑令正要抓起南瓜子，柯維安展現爆發力，眼明手快地從自己背包裡翻出他三不五時帶在身上的棒棒糖，精準地塞進對方嘴巴裡。

「等等談話你當個背景就好，不要無意識地拉仇恨，我也拒絕聽你咬南瓜子的聲音當背景音樂。」

聽了一路的「卡滋、卡滋」聲響，柯維安覺得他有權利拒絕再接受這種折磨。

「看在我提供零食的份上，聽進去了嗎？聽到的話就喵……算了，別喵，那真的不萌。」

黑令溫吞地含著棒棒糖，臉上還是沒有特別的表情。

在這短短對話間——也可以說只有一個人單方面地說——大廳的門被人自外打開了。

年齡似乎介於二十至三十的男子步入，他輕巧地關上門。

當木門「喀」地一聲掩上，男子對著廳裡的眾人歉意地笑了笑。

「不好意思，讓你們久等了，剛又被拖住。感謝各位特別撥冗，前來參加我符家的壬月祭。我是符登陽，符家暫時的代理家主。另外，如果不介意，是否能告訴我……」

符登陽的笑容轉爲銳利，目光似鷹隼。

「這裡頭似乎有妖氣的味道，應該不是我的錯覺吧？」

本來還想著要怎麼向符登陽坦露實情的伍書響、陸梧桐，乍聽到對方這麼說，冷不防嚇了一大跳。

他們心裡發慌，互相用手肘暗暗推擠，要對方負責出面解釋，就怕招來斥責。

就在兩人還在你推我擠的情況下，有人率先拋出了句子。

「神使公會，特援部的部長，灰幻。」

灰幻站了出來，絲毫沒有隱瞞的意思，俐落地一彈指，解除施加在身上的障眼法。

剎那間，佇立在大廳裡的不再是符家其他人所看見的普通身影，而是灰髮、灰眼，虹膜是一圈白的清俊少年。

符登陽露出吃驚，但很快又大方地向灰幻伸出手，沒有因爲對方表態了妖怪的身分，就心生排斥或厭惡。

「你好，灰幻先生。我沒想到公會也會派人來，不過還是誠摯地歡迎你們。不知道另外幾位又是……？」

「我們公會的神使。」灰幻雙手環胸，任憑符登陽的手在半空停了好一會，最後只好尷尬地收回。

「慢著，我跟你就算了……蘇染、蘇冉啥時也變公會的？」一刻壓低聲音，匪夷所思地質問柯維安。

「小白……」柯維安語重心長地拍上一刻的肩膀，「你什麼時候有老大不坑人的錯覺？連你都被他坑進來了，你有看過那隻老狐狸不坑人的時候嗎？」

……他說得好有道理，我居然沒辦法反駁。一刻啞口無言。

被認爲是被坑進公會的蘇染、蘇冉保持緘默，他們決定不說出他們從中得到不少好處。

例如——和一刻一同出任務，和一刻同住神使專用宿舍；還有他們到目前爲止，已經從范相思和柯維安那獲得許多當時錯失的一刻大一生活照。

「久違的乞月祭，帝君原本要前來觀禮的，但無奈臨時有事，才派遣我等前來。」灰幻面不改色地說著謊言，「符邵音呢？我以爲乞月祭該是她出面才是。」

「家母她……」符登陽前一會兒還放鬆的臉部線條倏地綳緊，他雙眉緊皺，末了嘆口氣，「既然是帝君大人的代表，以及楊家家主和黑家下任家主候選人……明人面前不說暗話，我也就不多隱瞞了。不過，還是先請各位都坐下吧。小伍、小陸，去備茶水，客人待在這那麼久了，也不好好招待，像話嗎？」

「咦？啊，是！」

「我們馬上去準備！」

待伍書響和陸梧桐慌慌張張地跑出大廳，符登陽揉揉眉心，苦笑地望著眾人。

「有些事，還是支開那兩個年輕人才好談。前陣子在繁星市，他們蓄意傷害妖怪的事我也知曉，所幸並未眞正釀下大錯，只是一時糊塗，加上他們又崇拜糸玄……而糸玄那孩子，眞的是太讓人失望了……我再次向神使公會的各位致上……」

「這些沒必要的廢話可以省去，我也沒興趣知道你們怎麼處置白糸玄。」灰幻不客氣地打斷了符登陽的話，灰瞳凌厲地一瞪。

符登陽彷彿也沒預料到灰幻的態度會如此不近人情，他噎了下，接著像是掩飾尷尬地輕咳一聲。

「總之，我會知曉那事，是因爲那時候……我正好被族裡長輩緊急召回。」

「爲了符邵音病倒的事？」

「紙果然還是包不住火，連你們公會也聽說了嗎？」符登陽露出隱含感傷的苦澀笑容，「沒錯，家母因為太過勞累，加上年事已高，終於支撐不住、倒下了……雖說目前並無大礙，可是醫生交代過，她須要絕對的靜養，不能再受任何刺激。加上她近日也是時睡時醒，所以即便是各位，我也無法讓你們和家母見面，還希望你們能諒解。」

符登陽雙手撐按在膝蓋上，深深地低下頭。可是他的面容上，顯示著不會動搖的堅持。

「無妨。」灰幻說。

他們一行人來此的目的，本就不是為了見符邵音一面。雖說對於符邵音和水瀾之間的關係仍存有疑問，但這些都可以暫且放下。

現在最重要的，是想辦法找出情絲的下落。

「你們能見諒真的是太好了……」符登陽直起背脊，鬆了一口氣，「認真說起來，其實都是我的錯。要是我當初不執意離開家，母親也不會一個人扛下整個符家……我明明知道父親早逝，她相當辛苦，卻還是……可如今我回來了，就會好好做事。我這個外行人一定會努力主持好乞月祭的。」

「外行……人？」楊百罌忍不住脫口問道：「符先生，你……」

「喊我陽叔就可以了，百罌。妳很小的時候就曾喊過我叔叔，我們以前其實見過面呢。」

「見過面？」

「哈哈，妳那時候年紀太小，所以不記得也很正常。我和妳父母也認識，我很遺憾他們後來發生那種事，他們是很好的人。楊老爺子還好嗎？因為我和家族的關係，也許久沒有去拜訪過他了。」

「……是，爺爺的身體還相當健朗，多謝陽叔你的關心。」楊百罌美麗的臉龐閃過一絲訝然，似乎沒想到符登陽和自己家還有這層交集，不過她的應對依舊完美而不失禮節。

「楊老爺子還很健康真是太好了……抱歉，偏離了話題。我猜你們一定想問，外行人是怎麼回事？事實上，我從未參加過……乏月祭。」

「如果我沒記錯，乏月祭是二十多年前開始舉辦的。」灰幻挑高眉，「你的年紀也不大，你還是小鬼時就離家出走了嗎？」

「這個……說來慚愧。我自小就對訓練和狩妖的事沒什麼興趣，也不想繼承這個家族，在二十歲的時候和母親大吵一架，從此離家。家母也是脾氣硬的人，就當沒了我這不肖兒子。」

符登陽摸摸鼻子，對於提起以往的事，像是仍感到愧疚不已。

「別看我這外表，其實我也快要四十了。後來結婚有了女兒，無奈妻子早逝……我一個大男人帶不好孩子，才把女兒送回來，自己卻還是賭氣地待在外面。再後來，我出了車禍，撿回一條命後又聽說母親病倒的消息，才決定放下無意義的面子，好好回來盡孝道。」

符登陽一邊說，一邊解開一隻長袖的釦子，捲起了大半。在那截露出的皮膚上，交錯著猙獰可怖的傷疤，顯然就是當時車禍留下的。

這時，門外響起了敲門聲。

符登陽拉下袖子，抬頭一望，伍書響和陸梧桐拎著幾瓶飲料回來了。

符登陽的眉頭剛一皺，伍書響就緊張地開口。

「抱、抱歉，我們不懂泡茶，廚房又找不到人……只好、只好……」

「還有嗎？」一道低低的男聲無預警打斷伍書響的話。

伍書響愣了愣，隨後才發現是黑令，然而對方並不是在和自己說話。

「這個，還有嗎？」黑令戳戳柯維安，再指指自己手上還未完全化開的棒棒糖，也不在意自己這問題在這場談話中有多突兀。

「呃……有是有。爲了搭訕路上可能遇上的小天使，我特地準備一把……啊，我忘記給剛剛的那位了！」柯維安後知後覺地扼腕叫道。

一旁的一刻翻下白眼，不想去提醒柯維安，他又無意間暴露自己見不得人的喜好了。

「你可以，換現在給。」黑令慢吞吞地說。

「咦？欸？」柯維安下意識遞出一支新的棒棒糖，接著就見黑令一轉頭，將糖往他坐的那張單人沙發後再遞出去。

柯維安還在納悶，只見沙發扶手後霍地探出一顆白色的腦袋，和一雙鮮紅色的大眼睛。

「芍音!?」符登陽瞬間失聲大喊，透露不出眞實年紀的面孔上滿是錯愕，「妳這小妮子……妳是什麼時候……」

「靠，她一直躲在這裡嗎？」一刻大吃一驚，「蘇冉，你沒聽到？」

「她太安靜，沒注意到。」蘇冉搖搖頭，「我對別人的家務事沒興趣，音樂開太大了。如果知道你要問，就不這麼做了。」

「沒興趣加一，但情報是須要好好收集的，只好聽。」蘇染說。

「夠了喔，你們……」一刻無言以對，甚至心生起早知道別問的想法。

這邊青梅竹馬三人組在進行交流，另一邊的符芍音在拿到棒棒糖後，便迅雷不及掩耳地跳了起來。

符芍音個子嬌小，可身手和速度卻全然不是這年紀孩童該有的。

白髮紅眸的小女孩敏捷地踩過沙發扶手，踩過柯維安的大腿，再踏上長桌，像道小閃電般往前直衝。綁在右側的長馬尾隨著她的動作，活力十足地擺晃出大大的弧度。

「芍音，誰讓妳這麼沒有禮貌的？還不趕緊站住！」符登陽臉色趨近鐵青，畢竟自己女兒的這番行爲，在賓客面前無疑太過無禮。他長臂伸出，想抓拎住那抹白影。

可是符芍音彷彿早有預防，身子一縮，靈活躲過了父親的手，輕巧地躍下桌子，直達會客廳的大門前。

伍書響和陸梧桐反射性就想抓住他們符家的小小姐。

然而只見符芍音把棒棒糖往領口一塞，潔白的手指間迅速多出了兩張符紙。

「兵武。」稚嫩平板的聲音響起，「現。」

白光瞬閃，伍書響和陸梧桐在下一秒發出慘叫，驚恐無比地往旁大力一跳。就怕自己跳得慢了，白髮小女孩手上的斬馬刀會招呼到自己身上。

與符芍音體型呈現強烈對比的兵器甫成形後又疾速地消失，但那嚇人的長刀已帶給人深刻的印象。

爲自己爭取到逃跑通道的符芍音忽地煞住腳步，她側過身，一手抽出棒棒糖，一手兩指合併在額角處，比了個敬禮的手勢。

「糖，謝。」小小的女孩一臉嚴肅，簡潔有力地這麼說，緊接著一溜煙消失在門外。

簡直就像一陣來去匆匆的小型旋風。

「天啊，小白甜心、小白哈妮……小天使在對我說謝謝，她剛剛還踩了我的大腿……」柯維安抓著一刻的手臂，另一手摀著胸口，滿臉恍惚，彷彿沉浸在甜蜜的泡泡裡，「啊啊，怎麼辦，我覺得我要不行了，她眞的超級可愛……」

一刻也認同那名白髮小女孩很可愛，但是……

「你再死黏我不放，老子就讓你眞的不行了，柯維安！你抱的不是我的手，是、我、的、腰！」

「被發現……不，我是說手誤、手誤！」

「滾遠一點，眞該讓那個小孩用那柄刀在你腿上做撐竿跳的……那是日本刀嗎？」

「不是喔，小白。看起來有點像，不過那是叫斬馬刀……啊，好痛！小白，人家只是偷摸……」

無視那邊又吵鬧成一團的年輕神使，灰幻若有所思地瞇著眼。

符芍音的反應和運用靈力方面都屬上乘，不是個單純靈力不錯的小女孩，怪不得符邵音會屬意她當下任繼承人。

相較之下，他在符登陽身上感受到的靈力，頓時顯得遜色不少。

「眞的很不好意思，讓你們見到這一幕……讓人見笑了。」被自己女兒這一鬧，符登陽也沒有再繼續談話的心思。他抹抹臉，眉宇間不經意流露出一絲疲累，「小伍、小陸，去把芍音找回來，別讓她在這種重要時刻還搗亂……不，算了，還是我自己去找吧，你們負責帶客人到別館休息。」

符登陽率先走至大門口，接著步伐一頓。

「我對妖怪沒有偏見，不過符家的其他人不見得都會這樣想。如果可以，這幾天還是希望灰幻先生你隱瞞身分。神使公會的另幾人亦是，有的狩妖士並不樂見神使的到來。」

「可以。」灰幻應允，他也不想因此讓調查受到阻礙。

「最後，還有個不情之請。」符登陽沉聲說，「寂言村裡四處都可以走逛，可是只有我符家旁的棲離山，山裡有座祠堂，那地方是禁止人進入的。」

符登陽的眼神褪了一開始的和善，嚴厲強硬，如同在宣告：

無論發生什麼事，誰都不能進入祠堂裡。

第五章

將不多的行李扔上床，一刻隨即脫下鞋子，不客氣地把自己拋在床鋪上。

「砰」地一聲，床墊震晃幾下又回復平靜。

以一種誰也沒想到的方式結束與符登陽的會談後，一刻他們在伍書響、陸梧桐的帶領下，來到了和本館相隔一段距離的別館。

為了能提供參加狩妖士會議的狩妖士們足夠的休息處，別館有許多客房，就算一口氣容納四、五十人也沒問題。

只是空間寬廣的別館，卻是未曾見到一位傭人。

根據伍書響、陸梧桐所說，這是為了能使一刻等人不會感到不自在和任何拘束感，如果他們外出，就會有專人負責前來清理打掃。

這份考量確實相當貼心，一刻承認自己鬆了一口氣，他實在不敢想像前後都有人圍著的生活。

由於別館客房眾多，因此每個人都分配到一間屬於自己的房間。

這對一刻來說是個久違的體驗。

這一年來，他都快記不得外出時獨自一人睡是什麼樣的感覺了。畢竟不管是出任務或是出門遊玩，節省花費都是必須的，多人睡同一間房已是理所當然的選擇。

如今自己擁有一個獨立空間，一刻還真有些不習慣。不過，這不表示他就會同意蘇染、蘇冉到他房裡打地鋪，或是柯維安想和他擠同張床的要求。

先不管前者，後者的睡相根本是差勁透頂！

一刻可一點也不想再重溫睡夢中忽然遭到肘擊或膝撞的滋味。

將一隻手臂橫擱眼上，遮住光線，一刻打算小睇一會兒，享受這難得的清靜時光，稍後再去外面逛逛。

灰幻說了，下午三點準時到一樓大廳集合，關於這次任務，他有事情要交代。

現在時間還算早，既然如此，那躺個三十分鐘應該不是什麼問題。

一刻放鬆身子、準備閉上眼，可旋即像有什麼觸動他的思緒，他突地挪開手臂，張眼直盯著天花板。

剛剛閉眼前一閃即逝的圖案，不是自己的錯覺。

眞的有星星在天花板上。

一刻瞇眼打量了半晌，發現那是顏色很淺的星星貼紙。形狀有大有小，若不仔細留意，還眞的會忽略它們的存在。

粗略估計，大半片天花板都布滿星星的軌跡。

是符家的誰特意布置的嗎？那爲什麼要選擇這麼不明顯的……不對。

一刻瞬間恍然，他迅速跳下床，將房裡的窗簾一口氣全拉上。

那窗簾是不透光的，一旦拉起，房內登時被昏暗籠罩。

一刻抬頭看。

「我靠……」

映入眼中的，赫然是大片璀璨的星空。大大小小的星星匯聚一起，在正中央處組成了一條銀河。

原來是夜光貼紙。

不論這房間是誰布置的，一刻都覺得必須感謝對方，他才有機會見到這片另類的「星光」。光是看著，心情都不由自主地好上了大半。

於是當窗簾猝地被拉開一條縫，刺眼陽光像把利劍劈進房裡的時候，心思都放在星空上的一刻一凜，左手無名指反射性亮起一圈橘紋，細白的長針轉瞬握於手中。

一刻沒有忘記這裡可是四樓。

一般人會從四樓外入侵嗎？

答案是顯而易見的不會。

環繞在一刻身邊的鬆懈氛圍消失，取而代之的是宛如打磨過的銳利。

一刻不動聲色，等窗簾被大幅度拉開、入侵者自外闖入的剎那間，他動作飛快地欺身上前，長針迅雷不及掩耳地便要架在對方的脖子上。

——如果不是他看清入侵者的真面目的話。

「我操！柯維安你搞什麼鬼啊？」一見從窗外爬進來的居然是自己再熟悉不過的娃娃臉男孩，一刻咒罵一聲，甫碰上對方頸邊的白針也轉眼消失。

「小……小白，你剛是要謀殺人家嗎？」柯維安臉色有點發白，畢竟他一跨進窗內，就冷不防遭到猛烈的壓制，白針的冰冷感似乎還留在皮膚上，讓他心有餘悸。

柯維安摸摸發涼的脖子，小心翼翼地離窗戶再遠一點。萬一他家甜心忽然再動手，自己才不會從窗口跌下去。

就算是神使，但在無防備下，四樓的高度也是夠嗆的。

「小白，我知道你對我的感情熱烈，可是相愛相殺對我來說口味有點太重了耶……」柯維安嘶嘶口水，不忘伸手撫平剛被嚇得似乎更鬈翹的髮絲。

對柯維安的發言，一刻沒有再回予任何髒話。他只是十指折了折，然後拇指往頸項前一劃，再氣勢十足地朝下一比。

白髮男孩用眾所周知的手勢，完美地表達了他的想法。

「對不起，是小的錯了，請你千萬別把我丟出去！」柯維安立刻明智地舉起雙手，表示自己不會再胡言亂語。

「所以你沒事從外面爬進來幹嘛？是不會走門嗎？」一刻很滿意自己威脅達到的效果。他走上窗前，想把窗簾完全拉開，他可不想兩個大男人在這種星空下談話，怎麼想怎麼詭異。

「等等，小白。你房間有星星耶，拉開太可惜了啦，會看不到的！」眼尖地瞧見天花板上的夜光貼紙，柯維安連忙阻止，「我的房間都沒有說……把窗簾拉上嘛，這樣才有氣氛啊，拜託。」

……鬼才想跟你有氣氛。一刻咂舌，但還是拗不過柯維安的要求，把窗簾重新拉上。

誰教柯維安擺出了冀求的可憐兮兮表情，大眼睛由下往上地瞅著人，甚至還將帽T的帽子拉起，那可是動物耳朵造型的帽子。

馬的，賣萌可恥。一刻心裡嘀嘀咕咕，越來越覺得柯維安根本是吃定他對可愛東西沒抵抗力的弱點。

隨著陽光被阻擋在外頭，如夢似幻的星空再度呈現在房間裡。

柯維安讚歎地注視一會兒，接著興致勃勃地從揹在後頭的包包內翻出手電筒，將開關打開，從下巴往上照。

「小白、小白，你看這樣是不是超有氣氛？」

「你半夜去稻田裡隨便找個稻草人照，相信我，那鐵定更有氣氛了。」

「不，那樣好像又太鬼片了一點……我怕我的小心臟會受不了。小白，你知道的，人家可是個柔弱纖細，須要呵護的……」

「變態。」一刻毫不留情地堵上這兩個字，也不管柯維安一瞬間垮下了臉，「少廢話了，你還沒回答我的問題。」

「因爲比起門，爬窗到小白你房間更有幽會的感覺嘛。甜心、甜心，我是不是第一個爬你窗的人？」柯維安很快又振作起來，他捧著臉，喜孜孜地問道。

「不是。」一刻潑了盆冷水，連帶地把對方臉上的小紅暈也澆沒有了，「這種事蘇染他們早就幹過了。操，明明就有門，還堅持因爲滿十八從窗戶入侵才有夜襲的FU是哪招？」

「小白！你被夜襲成功了？」柯維安大驚失色，忙不迭抓住一刻的手。

「襲你媽的蛋！」一刻一把抽回，沒好氣地瞪了一眼過去，「所謂的『夜襲』，也只是跑來看我的睡相，壓根是吃飽太閒了他們。」

吃飽太閒好像不是重點……重點是這樣眞的很像跟蹤狂耶，小白，你家青梅竹馬這樣沒問題嗎？

柯維安默默地擦把冷汗，感覺自己好像聽到什麼驚人的東西。

「小白，我跟你說，黑令的房間有公主床耶，我都懷疑是不是小伍、小陸要趁機出一口氣了。」柯維安選擇跳過原來的話題，有些事還是不要知道得太深入比較好，「粉紅色和他放在一起挺不搭的，就像倉鼠被人放進粉紅色的籠子裡。」

「你的房間不是也有一張？」一刻記得柯維安的房間被安排在隔壁過去幾間，他那時湊巧瞄見。

「我可是就算睡公主床也毫無壓力的美少年！」柯維安大言不慚地說道，成功得到一記來自一刻的白眼。

「行了，美少年，其他人都在房裡待著嗎？不對，你是爬窗進來的，問你也是白問。」

「話不是這樣說，小白。我爬窗的時候也趁機爬到別人的窗外，當然跳過女孩的了，我可是紳士。」

「……喔，紳士。」

「你的語氣聽起來完全沒抑揚頓挫啊，甜心，嚶嚶……」柯維安故作傷心地擦擦眼角，但也懂得見好就收。

瞄見房間主人抱著胸、皮笑肉不笑地睨著自己，柯維安趕緊咳了咳。

「灰幻和黑令還在房裡，我猜除了要行動的時候，他們都會宅著不出來了。小白，你的青梅竹馬到外面去了，我爬窗看見的，他們看起來像要去熟悉環境……啊，班代也是，我剛同樣看到她。她說她只是走走逛逛，絕對不是要去把四周記得更熟。」

「她在你爬窗的時候跟你說的？」

「是啊。」

「她應該先唸了你一頓吧？」

「……你說得太客氣了，小白。」柯維安刮刮臉頰。

那時候的楊百罌面無表情，冷冰冰的眼神簡直像在看屢教不會的笨蛋。不愧是他們的冰山班代，光是眼神就殺傷力十足。

「先熟悉環境是蘇染的習慣，蘇冉大概是被她拉去的。我倒沒想到楊百罌也會做這種事，她不是來過好幾次了？」一刻瞥了看似認真聽講的柯維安，也沒戳破對方估計分不出來他說的是哪一個蘇染／冉。

「嗯……也許是這回多了情絲的關係？」雖然他認為班代只是單純無意識地想和蘇染抗衡而已。

「是說，我怎麼總覺得楊百罌和蘇染從見面後就時常在互看……是我的錯覺嗎？」一刻接受了柯維安的說法，若有所思地提出另一個問題。

柯維安閉上嘴不講話了，他搖搖頭，再搖搖頭，末了拍拍一刻的肩膀。

「小白啊……」柯維安語重心長，甚至帶了點恨鐵不成鋼的意味，「你絕對很常被人說很遲鈍，對不對？」

否則楊百罌和蘇染間那種透露火花卻又極力克制的對視，又怎會看不出那其實是屬於情敵間的打探？

當時站在旁邊的他，都覺得自己被那些劈里啪啦的火花或是閃電刺得皮膚隱隱作疼了。

「……滾。」一刻用這個字做了間接的承認。

「別啊！我好不容易才爬窗摸進來的，小白你忍心叫我滾嗎？你忍心嗎？你眞的忍心嗎？」搶在一刻要扔出「老子他媽的有什麼好不忍心」之前，柯維安又飛快地說道：「小白，我來是有個問題想問問。你的青梅竹馬，男性那位。」

「蘇冉？怎了？」

「他的聽力……是不是異於常人？」

「你注意到了？」

「所以是眞的？」

「啊，說起來大概和你有點類似。」一刻也沒特別隱瞞，柯維安總會察覺到的，畢竟那小子是那麼敏銳的人。「他的聽力特別好，能聽到一般的，和不怎麼一般的聲音。」

「那他戴耳機就是爲了屏蔽聲音吧？原來如此，怪不得呢！」柯維安茅塞頓開，先前的疑惑迎刃而解，「既然弟弟『聽得見』，那姊姊呢？蘇染戴著眼鏡，該不會那眼鏡也有另外用途？」

柯維安這話只是隨口開個玩笑，卻沒想到一刻竟是點了點頭。

「你說對了。」

「咦？」

「蘇染的眼鏡是平光的，她沒有近視，也不是像我這樣的原因才戴眼鏡。」

一刻走到窗戶前，將窗簾「唰」地拉開，還回室內光明，星空霎時隱沒。

一刻回過頭，表情平靜認眞。

「蘇染她，『看得見』。」

□

明明是舒適宜人的氣候，走在山間步道的蘇染，卻無來由地打了一個噴嚏。

小小的噴嚏聲頓時引來另一人的注意力。

走在蘇染身旁的蘇冉轉過頭，投來詢問的一眼。

「沒事。」蘇染搖搖頭，輕輕吸了下鼻子，「這幾天似乎有點感冒症狀，小心別被我傳染了。」

也許是雙生子的獨特默契，他們姊弟倆只要有一人感冒，通常另一個也逃不過中招的命運。

他們的青梅竹馬就曾在前來探病時，不客氣地叨唸著：

「就算你們是雙胞胎，沒必要連這種事都那麼有默契吧？虧你們還睡不同房間，又不是睡一張床。」

回想起白髮男孩皺著眉、板著臉，卻又難掩眼中彆扭關心的模樣，蘇染的唇角不自覺地彎起，清冷的藍眸裡也多了幾分溫柔。

看到胞姊側臉的表情，蘇冉大致能猜到對方此刻的想法。

「感冒的話，一刻會照顧人。」蘇冉認眞地說。

「……不行。」蘇染的心動只是一瞬間，她推下鏡架，將蘇冉的意見打了回票，「在有事查探期間不能感冒，否則會幫不上忙，像左柚那次就是。」

蘇冉自然知道蘇染指的是哪件事。

雖然和一刻同樣在高中時期便認識左柚，但蘇染他們認識左柚的時間，比一刻還要再更晚一點。

那時宮莉奈和人合開的補習班鬧了靈異事件，無奈他們兩姊弟正好重感冒，無法陪同一刻進行調查，也就不像其他人一樣，在第一時間認識左柚。

——補習班鬧鬼的原因確實是長久待在那裡的鬼魂作祟，但追根究柢，是鬼魂們爲了趕走當時被瘴寄附的左柚才引發的。

思考了下當中的利害得失，蘇冉也點頭，同意了蘇染的看法。

這對雙胞胎姊弟在結束短短的對話後，復而回歸沉默。他們本就不是喜歡交談的人，彼此之間好一陣子不說話也是常有的事。

蘇染和蘇冉繼續沿著山中步道往前走。

與本館的忙碌相比，這座鄰近別館的小山可說沒什麼人煙，山裡寂靜得不可思議。

唯一能聽見的聲響，似乎只剩下蘇染、蘇冉輕輕的腳步聲。

或許是爲了乞月祭，山中步道特意整修過，鋪著整齊的石板，步道間的雜草也被清理得格外乾淨。

除此之外，朝多方延伸的眾多步道中，有條步道旁的樹枝上錯落地懸掛著燈籠。

那些小巧燈籠外圍還多了圈鏤空的骨架包圍著，乍看下就像被一雙手捧在中央。

蘇染他們在出門前曾碰上伍書響和陸梧桐。

兩名年輕的狩妖士特別交代，假使要到山裡走走，記得沿著步道走，才不會迷路。要是見到樹上有懸掛燈籠，就表示那條步道是專門在祭典時使用的。要走也可以，只不過一旦望見牌樓，就務必要折返回來，千萬不能再往前。

因爲越過牌樓不久，就是祠堂的所在地。

那地方是符家的禁地，唯有符家家主方能進入，部分人員則被允許在乏月祭當日進入。祭典尚未正式到來，因此身為賓客的蘇染他們，當然不得踏入一步。

雖說是要熟悉環境，順便看看能不能獲知一些情報，不過蘇染他們也沒有要隨意擅闖他人禁地的意思。

既然誤打誤撞走上祭典專用步道，他們打算看看牌樓再返回別館，也許在那附近能發現什麼也說不定。

這裡真的是太安靜了，安靜到有些不尋常。

蘇冉摘下耳機，這山裡，他幾乎聽不見什麼聲音，但卻又不是死氣沉沉的感覺，反倒像是待在這裡的生物都噤著聲音。

「聲音太少，奇怪。」蘇冉言簡意賅地說。

「也許是此處的特色？」蘇染無意識摸著長辮末端，「資訊太少，難以確定，之後再看看吧。」

兩人之中做決定的向來是蘇染，蘇冉通常不會有意見。

又步行了好一陣子，兩人注意到樹上的燈籠更密集了。接著就在下個轉彎，一座由石塊砌成的牌樓登時躍進眼中。

灰色牌樓看起來像是經歷過長時間的風吹日曬，外觀被侵蝕了部分，尤以中央的刻字毀損得最嚴重，只能看見一個「祠」字，前面兩字則已模糊不清，難以辨認。

再往更前方，就是符家的禁地。

就在蘇染他們踏出轉角的那刻，蘇冉同時拉住蘇染。

「等。」

「有什麼聲音？」

「不是怪異的。是說話聲，有人在前面。」

聞言，蘇染眼眸閃過剎那的訝色。

這裡就只有一條路，往前走就會抵達符家祠堂。如果有人在前面……也就是說，有人闖進了符家的禁地？

不太可能會是符家人明知故犯。

伍書響他們說過，雖然山的另一頭也有山路，但走沒多久就會看見前方的路被白繩圍住，繩上掛著「私人土地」的木牌，阻止外地客闖入。

既然如此，那麼……

蘇染、蘇冉剛對看一眼，牌樓後的樹林內霍地傳來一聲女性的尖叫。

「呀——」

靜謐得過分的山林間，那叫聲格外響亮。

蘇染和蘇冉當機立斷地將符家的規定拋到腦後，不由分說地往前直奔。然而當他們剛穿過牌樓，樹林後同時也有兩道人影一前一後地跑了出來。

那是一對年輕男女。

跑在前方的男性看起來是名大學生，追在後頭的則是年紀相對較小的女孩子，約莫才只是高中生。

「梁子奕！你再跑、再跑！誰准你故意嚇我的？」

「哈哈，我哪知道妳那麼膽小，妳不是說妳天不怕地不怕……哇！等等，別拿妳的包包砸我，砸壞妳男朋友的腦袋怎麼辦？」

「哼！那我就把你給換……」

留著長髮、戴著眼鏡的少女突然沒了聲音，本來要打向男朋友的包包也遲遲沒再落下。注意到異樣的青年急忙回過頭，這才發現在他們前方，不知何時出現了兩名陌生人。思及自己和女友的打鬧都落入別人眼中，梁子奕不禁有些尷尬。他故作無事地咳了咳，想趕緊拉著女朋友快步離開。

但後頭的少女卻在這時拉拉他的袖角。

「欸欸，子奕你看。」路雪雪小聲地說，怕音量大了，被那兩人知道自己在談論他們。

「眼睛是藍色的耶，看起來也挺像的……兄妹還姊弟？」

「兄妹吧，高的一定是哥哥。還有那絕對是戴隱形眼鏡的，幹嘛大驚小怪啦。」梁子奕也回頭和路雪雪咬著耳朵，偷偷地用眼角餘光瞥視。

剛第一眼沒仔細看，重新打量後，才發現那對男女吸睛度真高。男的好看，女的漂亮，氣質格外不同。

「不過那男的再怎麼帥，也還是比我差一點就是了，女的則是輸妳一大截。」

「靠，臭美，這種話也說得出來。」路雪雪沒好氣地以手肘撞了撞身邊人一記，可嘴角實則藏不住甜蜜的笑。

沒有女孩子會不樂意被視為男友心目中最美的那一個。

「好啦，我們快走，不是還要去找今天住的地方嗎？」心花怒放的路雪雪勾住梁子奕的手臂，換她主動拉著人走，也不忘給路上偶然遇到的蘇染、蘇冉一個拘謹的點頭微笑。

這對情侶將蘇染他們當成轉頭就會忘掉的旅行中插曲，卻沒想到剛走出幾步，就被人叫住了。

「你們有進去祠堂？」蘇染清冷的聲音飄出。

「什麼祠堂？」梁子奕感到莫名其妙地停下腳步，緊接著像是想到什麼般恍然大悟，「啊！妳說的是後面那間小廟嗎？你們也要去那裡是吧？我跟你們說，往前再走個十幾分鐘就能看見了。」

「進去了，你們？」蘇冉也問，他沒有忽視蘇染的目光落到了另一個定點。

蘇染沒有盯著那兩人的臉——她看的是他們的腳下。

同樣的問題被問兩次，梁子奕感到一頭霧水，他摸著後腦，下意識點點頭，正要對兩人說出「祠堂不大，只是個小地方」時，路雪雪捏了他的手臂一下，趁他吃痛之際搶去了話。

「我們是看到那間小廟……呃，就是你說的祠堂，它門是打開的，所以才好奇進去看看，不是故意要闖進裡面的。」

梁子奕還搞不清楚路雪雪爲什麼要這麼說，可下一秒轉念一想，頓時也反應過來了。

他們之前看見的祠堂其實門外上著鎖，不過那鎖鍊並不牢靠，好奇心起，乾脆試著撬開鎖，推門進入裡面參觀。

祠堂裡沒什麼太特別的，由於沒有窗，所以顯得陰暗，還有股難以言喻的奇特味道，著實稱不上好聞，路雪雪一下子就憋不住，不肯待得太久。

反倒是梁子奕一見到神龕上擺著許多大小不一的奇形石塊，在光影下透露出詭譎的魅力，忍不住手癢拍了好幾張照，之後再順便幫積了一點灰的石桌大略清理一下，便也離開了。

他們本沒有將這事放在心上，梁子奕還覺得自己做了善心之舉。

可是現在那兩名陌生男女卻問他們有沒有進去……難不成那地方是屬於對方家的？

那他們不就等於隨意入侵他人土地了？

想到這裡，梁子奕不免有些心虛，趕忙也附和起自己女友的說法。

「對對對，我們真的不是故意要闖入，只是剛好見到門打開。只是進去一下下，沒有破壞任何東西，不信你們可以去看。」

然後他們倆就可以趁機先走了。雖然不是什麼大事，但被人視作闖入者，多少也會給他們的旅行帶來點麻煩。

「你們過來的時候，沒看到繩子？」蘇染又問。

「繩子？什麼繩子？」梁子奕茫然地反問。

「啊！」反倒是路雪雪低呼一聲，「會不會是那個啊……我們上山的時候，好像看到一截白色的繩子垂在路邊，也不知道是誰綁在那裡的。」

「喔喔，我也想起來了。先聲明，我們也沒動它，它本來就在路面上……你們要不要去那間祠堂看一下啊？證明我們沒騙你們。」

梁子奕想等那兩人離開，然而對方還是一動也不動。

蘇染自然不會特地前往查探，那是符家的禁地。況且嚴格說起來，就算有人闖入，也與他們無關。

只不過……

蘇染輕吁一口氣，從她的視角來看，她能見到前面兩人的腳下沾了些奇怪的黑色霧氣，後方路面還散著一點黑漬，彷彿他們曾踩進煤灰堆裡，將黑灰都帶出來。

很顯然地，就只有她自己瞧見。

換句話說——那不是什麼正常現象。

蘇染側過臉，對蘇冉低聲說了幾句，唯有他們兩人聽得見，後者很快點點頭。

「喂，你們沒事的話……那我們就走囉？」見蘇染、蘇冉沒有立刻回應，梁子奕乾巴巴地喊道。

「不，有事。」蘇染轉過頭，淺藍色眼珠筆直地注視著人，散發出震懾的強烈魄力。

梁子奕和路雪雪下意識都覺得動彈不得。

蘇染說：「你們闖進了寂言村的重要地方，那繩子本該是繫起來、不讓人往前進入的，因此我想請你們跟我們走一趟。另外，村裡目前應該找不到民宿或旅館，不過祠堂的主人，或許能告訴你們哪裡可以住宿。」

梁子奕和路雪雪當下面面相覷，不明白事情怎麼會突然變成這樣？

第六章

當一顆說不上是什麼植物的果實砸下來後，伍書響再次深刻感受到，今天他的運氣……眞的是背到家了！

先不說之前負責去接的賓客，居然會是曾起過衝突的那群人——雖然衝突後來也算解決了——現在又得爲了找出他們符家未來的家主，遭受一連串苦不堪言的偷襲攻擊。

那顆砸上他腦袋的果實，只不過是符芍音安排的陷阱之一。

看看另一端的陸梧桐，又被一條不知道什麼時候綁在那的繩子給絆倒了。

「小小姐，我知道妳躲在附近，麻煩妳大人有大量，別玩我們了！」伍書響苦著臉，摸著似乎發腫的後腦勺，繼續在別館外搜尋著那抹和他們玩起躲貓貓的嬌小白影。

別館和本館一樣，周圍種了不少樹，也搭了一些花架子。在這些植物的遮蔽下，符芍音如果想藏起來不露面，更容易了。

「好痛……該死的，小伍，你好歹也過來拉我一把吧！」陸梧桐爬了起來，惱火地向伍書響抱怨著。

見到橫在地面的細繩像在嘲笑自己，陸梧桐不禁心裡越火，隨即從身上抽出張符紙，催動咒語，緊接著像洩恨般，大斧往白繩一劈而下。

伍書響一點也不想理會那幼稚的行爲。他知道陸梧桐挺蠢的，但有時候蠢到超乎想像。

「別玩了，還不趕緊把小小姐找出來！」伍書響沒好氣地啐罵。

「知道啦、知道啦……那小鬼也太會跑了，明明是白子，幹嘛一天到晚都想往外跑？她不知道最近的陽光有多毒嗎？萬一曬壞了怎麼辦？」陸梧桐不滿地嘀嘀咕咕。

知道對方實則擔心，伍書響也沒有費力去糾正他口頭上的不敬。

符芀音本來是被符登陽關在本館的房裡，嚴令不准再惹是生非。可是誰也沒想到，才沒多久，就被人發現她想偷偷溜入符卲音的房間。

這下符登陽眞的發火了，嚴禁任何人去打擾符家現任家主的靜養，即使自己的女兒也不例外。

符登陽打算徹底將符芀音禁足，結果擅長躲藏的後者馬上就溜出眾人的眼皮底下。

最後，符登陽別無他法，乾脆把尋人任務再交給輩分最年輕的伍書響和陸梧桐，自己重新全力投入乏月祭的繁忙事務中。

要接待別館的客人們，又得找到符芀音、好好盯住她，伍書響和陸梧桐感到苦不堪言。偏偏他們的輩分最小，地位也不高，只是被允許能參與乏月祭的小弟子，哪有什麼能耐可以動搖上面的決定？

更何況，那個上面還是符家現今的代理家主，也就是他們的少主，符登陽。

對於這位算是突然「空降」回符家的少主，老實說，伍書響倒是沒什麼特別的感想，畢竟其他長輩沒意見，他們自然也沒有。

而且對方確實是家主的親生兒子，血緣關係是騙不了人的，看起來眞有幾分像。

硬要講的話，伍書響的想法和符家其他弟子差不多，就是認爲這位少主（代理家主）好說話多了，脾氣也不像家主那樣冷硬、不易親近。

這樣說起來……小小姐的個性到底是遺傳到誰了？

伍書響胡思亂想著，結果一分心，前額又迎來了一顆果實。

「好痛！」伍書響大叫。

「哈哈哈，白痴！」陸梧桐在旁幸災樂禍地大笑。

伍書響內心一個惱怒，忍不住也抽出張符紙，立刻變出自己的兵器，長戟惡狠狠地指著陸梧桐。

「馬的，你笑屁啊！都怪你不認眞找！」

「靠！怪我囉？是小伍你自己呆才又被砸到，不服的話，來戰啊！」

面對挑釁，陸梧桐也不甘示弱地舉高自己的大斧。

說時遲、那時快，一束迅烈的白光筆直落入伍書響、陸梧桐之間。他們定睛一看，皆吃驚地發現到，那赫然是把煞氣森寒的斬馬刀。

斬馬刀的主人同時也神出鬼沒地落足地面。

還沒來得及看清動作，紮著側邊馬尾的白髮小女孩已然抽出斬馬刀，架勢十足地一舉。

「不服，來戰。」符芍音面無表情地仰視兩人，鮮紅的眼眸眨也不眨。

伍書響和陸梧桐嚥嚥口水，手上的兵器消失，他們舉起手，有志一同地擺出投降的姿勢。

「不戰不戰……小小姐，我們不戰……」伍書響乾笑著。

「好。」符芍音點點頭，那把和她體型不相襯的斬馬刀也消失無蹤，她從懷裡摸出張紙條。

從陸梧桐的角度看，只能瞥見那上面似乎寫著長長的一串字。

符芍音認真盯著紙條好一會兒，隨後嚴肅地說：「我，不謝。」

「……啊？」伍書響兩人異口同聲地冒出了疑問。

符芍音也不解釋，只是將紙條往伍書響手中一塞，自己又來去一陣風地跑走了。

「靠靠！小陸快追！」伍書響連忙大喊，自己則是反射性低頭一看，紙上的內容瞬間讓他張口結舌。

「什麼什麼？那上頭寫著什麼？」

「寫你是傻蛋啊！不是叫你追了？快追啦！」伍書響隨手將紙條塞進口袋，氣急敗壞地搧上陸梧桐的腦袋，不打算將紙條內容告訴對方。

事實上，那還眞沒什麼好說。

紙上只不過寫著——

本日佳句：我又完美阻止了一次紛爭，用不著特別感謝我。

天曉得他們符家的下任家主，是怎樣才有辦法將這句話濃縮成三個字！

符芍音奔跑速度飛快，簡直就像隻小兔子。

可或許連她也沒有想到，當她靈活地利用窗邊的突起，一口氣攀爬到四樓附近的時候，其中一扇窗會驟然開啓，不偏不倚打上了她。

「糟，伏兵。」符芍音剛說出這三個字，手指也抓不住地一鬆，嬌小的身軀頓時跟著往下垂直掉落。

碰巧開窗的柯維安也傻了，他瞪大眼睛，驚慌失措地急忙伸出手，卻還是來不及抓住。

「小小姐！」

撞見這一幕的伍書響、陸梧桐煞白了臉尖叫。

下一瞬間，別館大門前的地面倏地高高隆起，砂石泥土迅速往上伸竄、一邊塑形，轉眼成了一隻巨大的灰色手掌，在二樓的高度便將符芍音穩穩接住。

由於那隻灰色巨掌是傾斜的，符芍音剛一落入掌心，又順勢往下滑落，宛如坐溜滑梯似地，一下便回到了地面。

別館大門同時被打開，一名高個子人影從屋裡走了出來，在門前站定。

符芍音摸摸還是被大掌磕得有點疼的小屁股，下意識仰頭、仰頭、再仰頭。

「巨人。」符芍音的嘴裡蹦出這兩個字。

黑令也低下頭，淺灰的眼珠裡沒有特別的情緒起伏，只倒映出那抹和自己相比之下，小得不可思議的身子，「迷你矮子。」

缺乏表情的一大一小對視著，但這幕落在飛奔過來的伍書響和陸梧桐眼中，可就讓他們不由得捏把冷汗。

「黑、黑令！你可別對小小姐亂來！」伍書響虛張聲勢地恫嚇著，「別以為你救了小小姐，我們就不會提防……」

「喂，小伍……黑令哪時候會用這種招式了？」陸梧桐總覺得有哪裡不對勁。

黑令從兜帽下瞥視伍書響兩人一眼。

「我沒救。」

「不是。」

低沉和青稚的嗓音幾乎同時響起。

伍書響和陸梧桐還茫然地盯著說話的黑令與符芍音時，上方一扇窗驀地被人粗暴打開。力道之猛烈，簡直要讓人懷疑窗戶上的玻璃會不會被震碎。

「吵吵嚷嚷的要到什麼時候？」灰幻從窗口探出頭，冰冷的灰眸瞪著底下，「是不懂得怎麼接待客人了嗎，符家的小子們？還是連『禮節』兩個字都不會唸？」

「其實你剛那一下最吵耶，灰幻……」柯維安覺得自己該說句公道話，「你這樣很像是奧……」

後面的「客」字還沒說完，柯維安就慌張地縮了身子，躲過從三樓砸來的石塊。

「太過分了啊，灰幻！你是想謀殺嗎？」柯維安又伸出頭，「是說你的救援還眞是時候，不愧是特殊援救部的部長……啊，底下的那個黑令！你離小天使太近了，快點讓開，讓專業的我來！」

「專你去死，你是想做什麼喪心病狂的事嗎？」和柯維安在同一房間的一刻聽不下去，正準備將人粗暴地扯回，倏地，他像看見什麼般瞇細眼，望著遠方，「是蘇染和蘇冉……他們還帶著誰？」

「哎？眞的耶。」柯維安也抬手遮擋陽光眺望，「一男一女……」

「看起來不是符家人，倒像觀光客。管他們是誰，樓上的兩個給我滾到大廳來開會。」灰幻彈下手指，底下的巨大手掌眨眼崩散，回復成平實的地面。他動作粗魯地關上窗，身影隨即消失在窗邊。

一刻和柯維安也跟著收回身子。

只有伍書響和陸梧桐依然一副不在狀況內的樣子。

兩名年輕的狩妖士傻愣愣地看著彼此，接著聽見屋子裡傳出乒乒乓乓的急促腳步聲。

最快跑下來的赫然是柯維安。

頂著鬈髮的娃娃臉男孩才不管傻站在外頭的伍書響、陸梧桐，也不多加理會黑令，他的目標只有一個。

「可愛的小天使……」柯維安一個箭步衝到符芍音面前，單腳屈膝，保留稚氣的臉蛋上染著紅暈，呼吸有點急促，也不知道是不是剛剛的強力衝刺導致的。

柯維安動作迅速地從隨身攜帶的大包包內翻出一把色彩繽紛的棒棒糖。在符芍音眨也不眨的鮮紅眼眸注視下，他以宛若遞送鮮花的鄭重態度，無比真摯地說了：

「求認識、求交往、求結……」

「幹！結你老木啊，你這個變態！」一刻毫不猶豫地將手中的東西狠狠搧上柯維安的腦袋，頓時不止是強制截斷對方的話，也讓對方像隻被踩扁的青蛙似地趴在地面上。

「死了，糖可以拿走？」黑令蹲下，認真地戳戳那具動也不動的身體，「全拿走？」

「當然……不准！那都是要給小天使的！你那麼大個子吃什麼糖啊？吃你的南瓜子去

吧！」上一秒還不見動靜的柯維安像被按了開關，顧不得腦袋上的疼痛，飛也似地跳了起來，手中抓握的棒棒糖立刻全塞至符芍音的雙手，說什麼也不要再給黑令。

確定符芍音抱住自己給的棒棒糖後，柯維安這才安心又滿足地一屁股跌坐下去，然後感到疼痛像彰顯存在感般一抽一抽湧了上來。

「天啊……小白，你到底是拿什麼打人家的頭？」柯維安哭喪著臉，一扭頭就見一刻的手裡抓著的竟然是自己失蹤好一陣子的筆電，「啊，甜心！」

「你的甜心太多了，鬼才知道是哪個。」一刻白了柯維安一眼，手又伸出，只不過不是再打他一記，而是將筆電輕輕敲上他的頭，「拿去，灰幻說要還你的。」

「小白你真是好人，真是天使……」柯維安一把將失而復得的筆電抱在懷裡，淚眼汪汪，這次是真的感動到連疼痛都忘了。

「還你筆電的是帝君，你不該恭恭敬敬地打電話回去道謝嗎？虧你還是帝君的徒弟。」灰幻自屋內走了出來，眸光大略掃視周圍一圈。從腳下地面傳遞過來的訊息，可以讓他確定往別館接近的就只有四個人。

先前從窗口望見的蘇染、蘇冉，還有兩名不知名人士……不對，還有另一人也在靠近。

灰幻微斂下眼，利用自身的力量和地面做感應，很快就確認來者的身分。

是楊家的那名小女孩。

「你該再對帝君尊崇一點的，柯維安。雖然紅綃是個惹人厭的妖女，但她的尊崇之心恐怕還是比你高。」灰幻的目光最後又刺向柯維安。

「她那已經叫狂熱粉絲了好嗎？而且灰幻你說的好像有道理……可是追根究柢，明明就是師父先沒收我的心肝寶貝嘛！」柯維安不平地抱怨，卻也沒有真的要和灰幻爭辯的意思。一來，灰幻也是他師父的忠實粉；二來，與其爭這個，倒不如趕緊幹點有意義的事。

例如──

「小天使，我叫柯維安，妳可以喊我葛格、葛格或是葛格！」柯維安眨巴著大眼睛，熱切地凝望符芍音。

「搞屁啊！三個不都一樣嗎？」回過神的陸梧桐大罵，馬上就想擋在符芍音之前。雖然那個娃娃臉看起來沒什麼危險，但他就是覺得不能讓那傢伙太接近他們家的小小姐。只不過陸梧桐還沒來得及動作，符芍音已主動走向柯維安。

「糖，謝。不是天使，符芍音。」白髮小女孩仰起臉，小手也跟著伸出。

柯維安激動得臉都要紅了，他火速地伸出手，然而卻不是反握，竟是大出眾人意料地一把抱住那具嬌小身體。

「我操！柯維安！」一刻鐵青了臉，「你要是敢犯罪，老子就──」

無預警塞進自己懷抱中的沉甸甸重量，讓一刻呆愣住，剩下的句子也卡了殼。他反射性低下頭，被塞到他懷裡的符芍音也抬起頭。

同樣都是白髮的一大一小陷入奇異沉默地對視著。

「還……還挺像兄妹的耶，小伍。」陸梧桐和身旁同伴竊竊私語。

伍書饗也忍不住點點頭。

一刻的身子不自覺僵硬，雖說抱小孩的經驗不是沒有，可是突然被塞了一個過來，還是陌生的……對方應該不會哭吧？

他知道自己長得有點凶，特別是現在又沒戴眼鏡……幹！柯維安就是個王八蛋！

正當一刻胡思亂想，並且得出一個千錯萬錯都是柯維安的錯的結論之際，待在他懷中的符芍音驀地一動。

於是一刻又一僵。

白髮男孩緊繃著背部線條，看見符芍音伸出雙手，摸上他的臉頰。

然後，一拉。

「照相，說七。」

「……啥？」

一刻一呆，視線下意識轉動，就瞧見柯維安的手機正精準地對著自己的臉。

「卡嚓」一聲。

「太……太完美了啊！」柯維安捧著手機，熱淚盈眶，手指甚至微微發抖，「嗚嗚，小芍音妳真的是天使，超感謝妳的配合！」

「免謝，回禮。」符芍音就著還在一刻懷裡的姿勢，兩指併攏，小臉仍是平淡無波，但敬禮的手勢帶著一股不符合年齡的瀟灑意味。

「好萌……」柯維安摀著胸，覺得心臟跳動的速度似乎有些超出負荷，「我一定要將這照片作為我的手機、筆電桌布……對了，再將它印出來做大掛報好了！小白、小白，我跟你說，只要靠這照片，我就能吃下三大碗白飯了！」

靠夭啊！你當我和那小丫頭的照片是配菜嗎？一刻目瞪口呆，不管是怒吼還是吐槽都來不及說出口，一旁反倒先傳來了回應。

「加一。」清冷的女聲。

「加二。」沉靜的男聲。

「……加三。」最末是一道細微得幾乎讓人忽略的彆扭聲音。

「啊，小白的青梅竹馬，還有班代妳也回來了。班代，剛剛妳有說話嗎？」柯維安數了數，很確定前兩道說話聲是出自蘇染和蘇冉，只是第三道不曉得是不是自己的錯覺。

「沒……沒有，你聽錯了吧？」楊百罌略微不自在地別過臉，抓著手機的手也往背後藏，像是為了掩飾自己的行為。

楊百罌咳了咳，旋即恢復凜然的目光，銳利地轉向蘇染他們身後。

在那對雙胞胎姊弟之後，不知道爲何跟著另一組陌生的年輕男女。

從那兩人茫然又困惑、還不時東張西望的表情來看，很顯然，他們怎麼看都不像符家人，更別說他們還揹著背包，一副觀光客的打扮。

「這兩人是誰？」楊百罌挑起細緻的眉，筆直地盯視著梁子奕和路雪雪。

她那充滿侵略性的艷麗美貌和冰冷視線，登時讓梁子奕和路雪雪感到自己像被冰針刺穿。

「沒錯啊！你們兩個到底是什麼人？爲什麼闖進我們符家？」

「小陸說得對！是誰讓你們進來這的？」

陸梧桐和伍書響總算回過神，馬上氣勢洶洶地圍上去，高聲質問起兩名陌生人。

就算逼問的只是兩名少年，可一見到這裡居然有這麼多人在，加上從山裡一路走來，觸目所及的遼闊莊園和壯麗建築物，讓梁子奕不由得驚覺，他們可能真的不小心誤闖入了某大戶人家的土地。

「子……子奕……」路雪雪早嚇得躲到男友身後，緊抓著他的手臂不放，眼裡流露緊張。

那群人看起來年紀只比自己大一些，然而其中那個白髮男孩怎麼看就像和凶神惡煞脫不了關係。

誰知道就在這時候，一道陰影無聲無息地罩下。

路雪雪反射性一抬頭，瞳孔收縮，悲鳴哽在喉中，最後溢出嘴唇的是微弱的顫音。

映入路雪雪眼中的，是個不知何時站於她身側的高大青年。那超出一般人的驚人身高，無意間給人一股壓迫感。更遑論那雙隱在兜帽下、看似冰冷又淩厲的淺灰眼睛，就像狼一樣！

路雪雪畢竟年紀較小，頓時控制不住紅了眼眶，抓著男友手臂的勁道也愈發加重。

「雪雪？」梁子奕連忙轉頭，一瞧見那抹突然接近他們的人影，立刻心裡一驚。他暗暗衡量彼此的身高差，隨即還是壯起膽子，粗著聲音吼道：「喂！你想對我女朋友幹嘛？我、我警告你們這些傢伙，別亂來啊，信不信我報警！」

「報警？呸！也要你在村裡找得到警察再說。」陸梧桐的個性衝，碰上有人嗆聲威脅，就會想也不想地反嗆回去，完全忘了他們原本是在追問對方爲什麼會出現在此地。

「等這群猴子吵完了再來跟我說。」灰幻沒有耐性，對別人家的家務事也沒有半點興趣，轉頭乾脆走進屋子裡。

「等……灰幻！」柯維安來不及喊住對方，他總覺得自己好像漏了什麼……總之，先阻止姓黑名令的傢伙無意識添亂再說！

「黑令，你過來……看在你家要我幫忙的份上，算我拜託你過來了。什麼世界啊！爲什麼我要像個保母或老媽子什麼的……」

「保母，你換新職業了？」

黑令確實走過來了，只是那拋出的問題瞬間讓柯維安感到心好累。

「那只是比喻……所以你幹嘛接近那兩位先生、小姐？」柯維安決定快速跳過解釋，直接切入重點，「你終於對人類感興趣了？」

「不感興趣，他們。」黑令索然無味地說，「只感覺到有點奇怪的玩意似乎沾上他們。」

「奇怪的玩意？能不能說得再具體一點？」

「不能。」

「靠……」柯維安被黑令簡潔的回答噎住，可同時也讓他想起，自己遺漏的是什麼了。那麼簡單又這麼顯而易見……媽啦，自己果然是被黑令害得沒辦法好好思考了！

柯維安用力拍了下臉頰，不再理會黑令。

「小白的青梅竹馬。」柯維安馬上向蘇染、蘇冉問道：「這兩位是跟你們回來的，所以是你們帶他們回來的？」

「是。」蘇染也不否認，坦然地點點頭，「我們認爲有必要。我『看見』了一些黑色、像粉末的東西，一直在他們腳後，一路跟回來了。」

黑色、像粉末的東西？

眾人下意識往梁子奕他們身後一看，卻不見蘇染口中之物。

梁子奕和路雪雪也緊張地東張西望，確定身後眞的沒沾到任何東西，才鬆了一口氣。

「別……別隨便嚇人啊，什麼黑色的，還說得一副煞有其事的樣子……我和雪雪可是都特地跟你們過來了，你們到底想幹什麼？好歹也說個清楚！」緊張感一過，梁子奕心中生起怒意。他抓緊這個空檔，咄咄逼人地質問，同時作勢要拿出手機報警，「我說眞的，我警告你們……」

「蘇染。」一刻無視梁子奕的威脅，他放下似乎將自己當成尤加利樹的符芍音，直直望著自己的青梅竹馬，「妳還沒有說完。」

「對。」蘇染一點也不意外一刻知道。

因爲以她和蘇冉的性子，根本不會僅僅如此就去理會兩名陌生人的事。

「他們進去過那間祠堂了。」

「等等，什麼祠堂？」陸梧桐還沒反應過來。

伍書響卻是重重一震，不祥的預感爬上。在他僥倖希望事情別如他所想的發展之際，梁子奕慌張的叫嚷打碎了他的期待。

「我剛不是解釋過了嗎？我們又不是故意進去那間廟……不對，那個什麼祠堂的，是它的門開著，我們才進去看一下，絕對沒有破壞東西，眞的！」

這下子，就算陸梧桐再怎麼遲鈍，也聽出現在的情況了。他倒抽一口氣，驚惶地與伍書響對上視線。

——祭典還沒開始，卻有外地人闖入了他們符家的禁地！

兩名年輕狩妖士臉色發白，你看著我，我看著你。

最末是陸梧桐咬了咬牙，決定拔腿衝到本館，向符登陽稟報這則意外。

但在這之前，有一柄未出鞘的長刀阻止了他。

陸梧桐硬生生煞住腳步，提心吊膽地看著橫在自己脖子前的兵器。他吞吞口水，沿著刀鞘一路望向神情平淡的符芍音，順帶還目睹了那對外地情侶呆立原地、瞠目結舌。

「別去。」個頭嬌小的白髮小女孩說，隨後那柄由符紙轉化成的斬馬刀轉向，竟是直指梁子奕和路雪雪。

「留下，他們，命令。」符芍音的紅眼如同無機質的玻璃珠，倒映出一切，小小的身體氣勢威凜。

她說：「我的，命令。」

第七章

梁子奕作夢也沒想過事情會變成這樣。

他明明只是想利用暑假期間，和女朋友用自助旅行的方式邊走邊玩，誰料到只不過是誤闖山林中的一間祠堂，卻衍生出一場風波，使得他和路雪雪落入了被陌生人強制留下的困境。

好吧，說困境是有點誇大其辭了。

梁子奕坐在床緣，望望自己目前身處的這間寬敞房間，臉上還混著一些茫然。

事實上，在他們被那名白子小女孩拿著不知道從哪變出來的武器指著之後，天際突然一陣響雷。

夏日的天氣總是說變就變，更何況此處還接近山區，變化來得更加劇烈，讓人防不勝防。

雷聲剛轟然砸下，隨之而來的是令人措手不及的陣雨。

豆大的雨滴打得人皮膚發痛。

頓時，不管事情有沒有爭出個結論，大夥都只能先入屋內避雨了。

梁子奕和路雪雪甚至還平白獲得一間客房暫作休息之處。

梁子奕本想逞強地說他們很快就會走了，要是強迫他們留下，就等著吃上妨害人身自由這條罪名吧。

然而當中的長辮女孩只是推推鏡架，藍眸淡淡一瞥。

「現在是寂言村的特別時期，你們要在這找民宿或旅館過夜都不是易事，即使想馬上離開亦是同樣。我猜村裡現在也沒有合適的大眾運輸工具供你們搭乘，你們是從棲離山另一頭進來，那邊近車站，可是你們還有辦法沿著原路返回嗎？在這種天氣，以及此處的人已經知道你們闖入禁地的情況下？」

不得不說，那名女孩的分析不但合情合理，還可以說一針見血到可怕的地步。

尤其另外兩名表態自己就是這個家的人的少年，更是態度不善地恫嚇著，要是敢不留下來，他們倆就等著被村子裡的人找上門興師問罪。

梁子奕在大學裡修過幾堂民俗相關課程，知道在鄉下地方，當地居民往往會把傳統習俗看得比法律還重要。

要是一個處理不好，他和路雪雪恐怕會成爲全村公敵。

於是暫無他法，他們兩人還是留下來，條件是最多只待一天，隔天就要走。

對方，或者說那名白髮小女孩答應了，沒有多加爲難。

梁子奕想不透那名小女孩究竟是怎樣的身分，看起來才國小的年紀，另外兩名少年卻對她言聽計從，態度上也是畢恭畢敬，還稱呼她爲「小小姐」。

還有那柄長得嚇死人的刀……

「欸，子奕、子奕，你在想什麼？」將房間參觀完畢的路雪雪，一屁股坐在梁子奕身旁，好奇地伸手在他眼前揮揮。

她的個性有些膽小，容易受到驚嚇，好在也容易把事情拋忘在腦後。能夠在豪宅裡免費住宿的興奮感，很快沖淡了她先前的不安。

「我在想……那刀是從哪裡變出來的？」梁子奕抓住那隻在他眼前揮動的手，「雪雪，妳不覺得不可思議嗎？那麼長的一把刀耶！」

「呃……說不定那個小女生很會變魔術？」路雪雪胡亂猜測著。那幕著實帶給她強烈的震撼，但似乎也只有這個理由才能合理解釋。「先不管那個啦，那小女生是白子耶，長得就像洋娃娃……還有其他人，你不覺得那票人的美貌值都挺高的嗎？除了那對雙胞胎，還有另一個女生，根本是比平常見到的偶像明星還好看！」

梁子奕馬上知道女友在說誰。

是那位最先開口質問他們的女孩。

長鬈髮、臉蛋艷麗，眼下還有一點增添魅力的淚痣；那樣的相貌在他們大學裡，絕對立刻成爲校花等級。

梁子奕無意識地爲自己的想法點點頭。

殊不知此舉落入路雪雪眼中，無疑是在附和自己那番話。自己的男友當面表示其他女孩好看，這還能忍嗎？就算對方眞比自己好看數倍也不行！

「梁子奕！」路雪雪抽回手，大力戳著梁子奕的胸口，「我就知道你之前說的都是騙我的！什麼我在你心裡最好看？現在就被美女勾走魂了是不是？」

「是……是個什麼鬼啦！」梁子奕險些口誤，幸好及時轉回來。他一臉冤枉地大叫：「我明明什麼也沒說，雪雪妳別胡思亂想。而且那種一看就是高傲、難相處的大小姐，完全不是我的菜，我吃不下，我發誓。」

「嗯……算你說得有道理……我也覺得那女生一定很難搞，說不定有公主病什麼啊……我勉強原諒你了！」路雪雪臉上陰霾迅速退去，頓時笑靨如花，「哎唷，子奕，我們這次算賺到耶。有免費地方可以睡，還是這種豪宅等級的，簡直就像住在高級飯店的套房裡！」

「話是這麼說沒錯……問題是，妳不認爲那群人都怪裡怪氣的嗎？什麼禁地啊，祠堂啊，還說什麼我們腳上沾到黑黑的東西……應、應該和那個沒什麼關係吧……」

「什麼？子奕，你說什麼有沒有關係？」

「沒……沒事，妳聽錯了。」梁子奕含糊地帶過去，臉上閃過瞬間心虛，「反正就是，所有的事都很奇怪！」

「是有這樣的感覺……」路雪雪全然沒發現男友的異樣之處，她托著下巴，認眞說道：

「我說，你乾脆做個記錄，拍照、調查什麼的。你不是說你之後還要選修民俗地理相關課程？就用這當作報告嘛。」

「對喔，我都忘記還能這樣做。那我先上網查查這地方有哪邊特別的，例如他們說的那什麼禁地，再來決定報告方向。」

「那你慢慢查，我要先到外面探險了。那些人也沒說不能在屋子裡四處走動，對吧？」

「喂，雪雪，妳就不多等妳男朋友一下嗎……好吧，妳不等。」

看著那扇毫無留戀關上的門板，梁子奕只能摸摸鼻子，吞下抱怨。

外頭還下著雨，他不用擔心路雪雪會跑出去，把自己弄進了迷路的窘境。

梁子奕伸個懶腰，打算從背包裡拿出平板，卻在路雪雪橫放牆邊的包包旁，見到一顆小小的、表面光潤的圓形石頭。

石頭質地均勻，透出奇異的青碧色澤。與其說是石頭，看起來似乎更像……

「玉？」梁子奕狐疑地撿起，看見女友的包包有個小口袋沒拉好拉鍊，猜想或許就是從那裡掉出來的。

只不過，爲什麼路雪雪會有這東西？

梁子奕知道自己女友性格懶散，東西不會好好收拾，因此出發前的行李都是他在負責的。

他很確定今早離開旅館來到寂言村前，自己可沒有在整理時發現這塊石頭。

之後的路上，兩人又都是結伴同行，也沒見到路雪雪曾撿起什麼……

梁子奕思緒驀地一頓。

他想起來了，他們確實曾分開一會兒，就在那間造成他們必須留在這裡的祠堂。路雪雪受不了裡頭氣味，先跑到外面，而他則在裡面照相，還不小心……不，跟這沒關係。

梁子奕飛快甩開從腦內冒出的回憶，他盯著手上的物品，心裡浮起一個猜測。

也就是說……這個奇怪的綠色石頭，是在那間祠堂外撿到的嗎？

不知道自己的男友在房裡發現什麼，路雪雪一跑出房外，便忍不住好奇地四處走走逛逛。

他們的房間被安排在三樓，幸好不是和那個漂亮得有些過分的女孩同一層。

路雪雪爲此感到安心，畢竟嘴上說相信梁子奕，但若是對方有意無意地猛盯著人看的話，要說心裡不會不舒服，那絕對是騙人的。

走廊上的感應式壁燈讓路雪雪玩興大發地玩了好一會兒，不過三樓大多數房間都上了鎖，讓她感到可惜，她本來還想偷看一下房內的格局。

然而，路雪雪還是找到了幾間沒上鎖的房間。正當她準備偷偷摸摸地推開其中一扇門，走廊另一端閃過的人影讓她嚇一跳地收回手，挺直身子。

路雪雪緊張地東張西望，卻沒見到人影再現。

可是從那驚鴻一瞥中，她看到對方體型相當嬌小……是那個白子小女孩嗎？

思及自己方才所做的，若是落入他人眼中，無異是小偷般的行爲，路雪雪感到臉一熱，急忙追了上去。

她眞的沒那個想法，只是好奇想看看。萬一被那名小女孩說出去，很有可能跳到黃河都洗不清……她不想被人當成小偷，一定要趕緊解釋清楚！

路雪雪慌張地追趕，只是照著印象中的方向追去，卻絲毫不見人影。是追丟了？還是對方躲進哪間房裡了嗎？

路雪雪懊惱地跺跺腳，沒想到就在這個當下，細碎的奔跑聲和嬉笑聲冷不防地出現。啪噠、啪噠。

「嘻嘻……」

「呵。」

路雪雪飛快轉頭，頓時只來得及瞥見一截衣角消失在樓梯間。

「等等，小朋友！」路雪雪喊道，雙腳追上去，「姊姊這裡有糖果喔！要不要吃糖果？」腳步聲停下了。

路雪雪不免有些得意，加大步伐追上，然而就在下一秒，身後傳出的聲音讓她動作僵住。

路雪雪瞬間突然不敢動了，指尖發冷。從之前見到的那群人來看，這屋裡的小孩應該就只有一人，既然對方跑到前方的樓梯間，那麼出現在她後方的小孩子聲音……又會是誰？

紅紅的眼睛盯著我們。

紅紅的顏料滴滴答答。

紅紅的顏料嘩啦嘩啦。

含糊渾濁的童聲哼唱著古怪的歌曲，聽起來有男聲，也有女聲。

路雪雪寒毛直豎，身體像被釘住，怎樣都沒辦法轉過頭去。

那是什麼？誰在她後面？

彷彿不知她的驚恐，歌聲還幽幽地持續著。

爸爸、媽媽、哥哥、姊姊、弟弟、妹妹。

我們想要，但我們　沒有。

路雪雪的神經如同繃到極限，她想尖叫，想叫身後的人——不管是誰——不要裝神弄鬼。

然後，一隻手猝不及防地拍上她的肩膀。

「呀啊！」路雪雪尖叫出聲。她反射性蹲下身子，抱著頭，整個人不停地瑟瑟發抖，直到聽見有人緊張地喊著她的名字。

「雪雪？喂，雪雪，發生什麼事了？」

這聲音……路雪雪立刻扭頭一看，映入她眼中的是梁子奕憂心忡忡的臉。

「子奕……」路雪雪安心了，險些腳一軟跌坐在地。可是她馬上又瞪大眼，惶恐地跳起來，手指緊緊抓著梁子奕不放，「子奕、子奕，你有聽見嗎？有小孩子在唱奇怪的歌……不是那個白子，是其他小孩子！」

「其他小孩子？沒有啊。」梁子奕一頭霧水，但還是安撫地覆上路雪雪發涼的手，「我出來時就只看到妳一個人站在這，想說不知道妳在幹什麼……還好嗎？妳會不會聽錯了？」

「我沒有騙你，真的有小孩子在唱歌！」路雪雪聲音拔高，眼中流露激動，「歌詞還很詭異，什麼紅紅的眼睛在盯著我們，紅紅的顏料滴滴答答……」

「然後下一句……該不會是紅紅的顏料嘩啦嘩……」梁子奕突然小心翼翼地問。

「對，就是……等等，爲什麼你會知道？」

「呃……」

梁子奕在路雪雪凶狠的瞪視下，尷尬地咳了咳，眼神還有絲心虛地飄了飄，好半晌都不敢對上。

「雪雪，我猜……妳聽到的，應該是我新抓的手機鈴聲……」

「你的手機鈴聲？」

「咳，對……是這個吧？」眼見不解釋不行，梁子奕硬著頭皮，掏出手機播放。

從手機內飄出的，確實就是路雪雪剛聽見的詭異童謠。

發現女友的表情從驚慌轉變為陰晴不定，最末眼中似乎要噴出怒火，梁子奕忙不迭地停止播放，讓歌聲中斷在「嘩啦嘩啦」的地方。

「我可以解釋，妳聽我解釋！這是我剛剛上網找資料時，無意間找到的怪奇童謠分享，我好奇就載下來聽聽了……呃，聽的時候音量是開得挺大聲的，但我眞的沒想到……」

「梁子奕，你這個豬頭、混帳、王八蛋！」

路雪雪怒氣沖沖地往梁子奕身上猛搥打。只要一想起自己方才被嚇得半死的原因，居然是男朋友的破手機鈴聲，她心口的火焰就燒得更旺。

「現在是七月耶，你是眞的想嚇死我嗎？誰會用那種恐怖的鈴聲啦，給我換掉、換掉，現在立刻馬上換，要不然我就要跟你分手！」

「什麼？不至於那麼嚴重吧？我才剛下載的，都還沒整個聽完……當我沒說，好好，我現在立刻馬上就換掉。」

一見路雪雪臉色又變得難看，梁子奕不敢再爭辯，連忙當著路雪雪的面，將那首童謠刪除，改將手機鈴聲重設為一首時下年輕人耳熟能詳的流行歌曲。

「這還差不多……」路雪雪臉色終於明顯好轉，隨即猛地想到自己原本在追的那抹人影，立刻跑去樓梯口探望。

那地方早就空無一人。

「都是你啦……」路雪雪拉下臉，不滿地抱怨，「害我追丟人了。」

「這也怪我嗎？」梁子奕覺得自己很無辜，他明明什麼事也沒做。不過小女朋友就只能寵，他也捨不得違逆對方的意思，馬上好聲好氣地再問道：「是怪我。雪雪，妳在追誰？」

「還不就是那個白子……」路雪雪嘟起嘴巴，「我只是好奇，想看看別的房間，結果被她看見了。我怕她誤會我是小偷，想進去裡面偷東西什麼的，才想追上去解釋。結果現在人不見了，我還被你嚇個半死……」

梁子奕望天望地，就是不敢再多說話，免得多說多錯。

「不管，你陪我去找她，走！」路雪雪抓住梁子奕的手臂，不由分說地拉著人往樓下走。

當這對情侶找到一樓時，他們注意到有扇房門是開著的。雖然只開了一條細縫，也讓他們不由自主地上前。

一靠近門板，兩人就聽見隱約有聲音飄出，但模模糊糊的，不是很清楚。

梁子奕和路雪雪互看一眼，在強烈的好奇心作祟下，終究還是忍不住將耳朵貼上門板，屏氣凝神地偷聽起房內的談話……

細碎的沙粒就像活物，不停在灰幻張開的掌心間變化流轉，一下升高，一下伏低，偶爾還翻騰出幾個特別複雜的花樣。

而操縱這些碎沙的灰髮少年，正面無表情地靠坐在單人沙發中，一手支著下頷，不說話地聽著伍書響和陸梧桐絮叨地說著乏月祭還沒開始，卻有人壞了規矩，不知會帶來什麼影響。有時候說到一半，伍書響和陸梧桐還會不自覺地被灰幻手上那宛如華麗表演的動作給吸引注意力，好一會兒才回過神。

目光都放在前方，也就是一刻等人身上的兩名年輕狩妖士自是不會察覺到，除了灰幻手上的細沙，其實在他們腦門後方，亦有著細沙飛舞。

淺灰、深灰的沙粒無聲無息地在空中做出各種排列，快速組合出給予一刻等人的訊息。

情絲的事暫時擱著，先解決那兩個人類麻煩再說。他們估計帶了東西上門，不會是親切可愛的，當然也不會是友善的，蠢蛋。

無法判斷符家祠堂和情絲有沒有關聯，所以那兩個人類才要解決。是解決他們惹的麻煩，不是解決掉他們，能做的話我早幹了。我剛說的不是夠清楚了嗎？別說你們沒帶腦子在身上。

即使只是使用沙粒排出成串文字，那些文字也充分地表現出灰幻的暴躁和諷刺。

「小白……」柯維安忍不住摸摸脖子，和身旁的一刻咬耳朵，「我們明明只是看字，爲什麼卻覺得像被人指著鼻子，劈頭蓋臉地被人教訓不成材呢？」

一刻沒有回答，因爲他也這麼覺得。

「是說灰幻這玩意也太方便了，和作弊利器沒兩樣了嘛。」柯維安剛咕噥完畢，馬上就收到一記冷冰冰的眼刀子。

這眼神不是出自一刻，而是楊百罌。

一見到褐髮女孩面若寒霜地瞪著自己，美眸透出警告，柯維安立即舉起手，表明自己只是說說，開個玩笑而已，絕不可能眞藉此在考試上作弊。

姑且不論灰幻根本不可能幫忙，他可是有著身爲文昌帝君的師父。要是不好好唸書，敢耍什麼小花招的話，鐵定會先被師父狠踹屁股。

要知道，憑張亞紫的腳力，輕易就可以使人從牆的這一端飛到另一端去。

「會想到這方面，就表示你就是個蠢材。」灰幻一把握住手指，連帶地也將飛旋的沙粒一併握在掌心內。

與此同時，那些在空中傳遞訊息的細沙盡數消失，一點痕跡也沒有留下。

由於灰幻那些話沒加特定主語，柯維安聳聳肩膀，裝作什麼也沒聽見。

反倒是伍書響和陸梧桐一愣，以爲灰幻指的是他們。

伍書響如墜五里霧，不明白方才的說話內容有哪個地方讓人覺得自己蠢。

陸梧桐則是拍著椅子扶手跳起來，「你說誰蠢材？不要以爲是那公會的幹部就了不起！你這矮子說誰是蠢材啊？」

「你。」稚氣平淡的嗓音冷不防響起。

陸梧桐大吃一驚，不敢置信地望著站在沙發後、被遮去大半身子、只露出大眼睛和髮旋的白髮小女孩。

陸梧桐被那簡潔的一字戳得看起來快哭了，眼眶都有些發紅，深受打擊而跌坐回去的他沒有聽見符芍音後段的話。

「擋視線。」

符芍音只是想表達她的視野被跳起的陸梧桐擋住，對於對方爲什麼會突然像洩氣的氣球，她不太能理解，也不打算理解。

將整句句子聽完的伍書響，只能同情地給陸梧桐一眼。

他們遵照符芍音的指示，將那兩名外地人留下後，一群人就關在這個當作會議室的書房裡討論。

畢竟神使公會的人都知道禁地被闖的事——甚至還是他們發現的——可以說他們此刻抱著共同的祕密，難以將對方排除在討論之外。

只不過雖名爲「討論」，伍書響心裡也清楚，他和陸梧桐最多也只能碎碎唸與抱怨罷了，他們倆還眞不曉得接下來該怎麼做。

「男人光長個子沒長腦子，這有什麼好驕傲的嗎？」灰幻冷笑，簡單就將針對自己的言語反擊回去，「除了一堆無用的抱怨，我坐在這那麼久，有得到什麼有用的嗎？」

「後一句我也承認，不過第一句……你會不會地圖炮開太大了啊，灰幻。這樣在場比你高的都中獎了耶，雖然我沒有。」柯維安咋了下舌，眼神逐一掃視諸位同伴。但在看向一刻前，就先被對方將臉推過。

「看屁啊。」一刻沒好氣地罵了一聲，「重點是這個嗎？」

「呃……好吧，不是。」維持著臉被扭到一邊的姿勢，柯維安摸摸鼻子，「現在的重點是，我們該怎麼處理那對情侶？」

「一，讓符家代理家主知情，讓他負責。二，前往祠堂查探有無其他線索。」蘇染有條不紊地開口。

「不行！」

瞬間不止伍書響大叫，萎靡的陸梧桐也即刻抬頭嚷道。

「小小姐要我們別讓少主知道，而且若被知道，乞月祭說不定就取消了！那可是大事，不舉行乞月祭，誰曉得會不會有什麼災厄降下給符家？我們擔當不起的！」

「沒錯，更不用說再去祠堂……那可是禁地耶！除了家主，任何人都不能進去的禁——」

「禁夠了沒有，那兩個人不是早踏進去了嗎？」一刻不耐煩地截斷兩人激動的叫喊。

兩名年輕的狩妖士頓時像被澆淋冷水，閉上嘴，沒再吭一聲。

「照你們說的不能外洩、不能行動，是要人像白痴一樣傻坐著嗎？你們祠堂裡到底是拜什麼，被人踏進去就不行？」

一刻這一問，換來的竟是伍書響和陸梧桐詭異的沉默。

兩人你看著我、我看著你，接著不確定地蹦出幾個字。

「守護……神？」

「是吧？符家的……守護神？」

最後，兩人像是達成共識，有志一同地回答。

「守護神……我們猜？」

「幹！那個疑問語氣是怎麼回事？」一刻眉頭緊緊皺起，沒料到自己隨口一問，居然換得了如此含糊的答案。

「你們不知道你們在拜什麼嗎？未免也太過荒謬。」楊百罌的驚詫中還帶著一絲嚴厲。

「黑令，你知道嗎？」柯維安乾脆問向另一邊的黑令，指望對方或許往昔曾從別人口中聽見什麼。

黑令只是抬眼，再垂下，用沉默作爲回答。

「這、這個……」伍書響結結巴巴地試圖解釋。從來不曾被人這樣質疑過，他看起來有些慌亂。

「乞月祭在我們這一輩出生前就有了，我們只知道是要祭拜祠堂裡的存在……家主曾說那是不能隨意驚擾、要抱持著尊敬之心的存在，每一年的祭拜會使符家更爲平靜……這不是守護神還會是什麼啦！小小姐，我說的沒錯吧？」

「不知道。」符芍音說。

「……咦？」向符芍音投去求救目光的伍書響一呆。

陸梧桐的反應也沒比較好。

兩名少年呆滯地望著下一任家主。

「奶奶，不透露。」符芍音不再躲在沙發後，她伸手在胸前比出一個「X」的手勢，「不可驚擾，要尊敬，可拜，所以……」

頓了下，白髮紅眼的小女孩鬆開手。

「別問。」潔白的手指改擋住嘴巴。

「別聽。」再摀住耳朵。

「別看。」然後是遮住眼睛。

最後，符芍音豎起食指，紅眸眨也不眨。

「別求。」

明明只是簡短的字彙，然而落入空氣裡，卻有如散發出奇異的沉重氛圍，甚至讓人背後隱隱爬上顫慄。

伍書響張著嘴，像是想說話，聲音卻卡著出不來。

最末打破安靜的是灰幻。

「不論你們符家拜的是什麼，都不在我關心的範圍內。」灰幻彈下手指，四塊宛若菱形柱體的石塊平空浮出，穩穩懸停在指尖之上，「白頭髮的人類小鬼，不是叫你，宮一刻。妳既然把人留下，就表示妳有什麼想法了，是吧？」

「三和四。」符芍音直勾勾地和那雙虹膜泛白的眼瞳對視。

然而從她口中吐出的字句著實太過簡短，即使是自認全世界小天使好夥伴的柯維安，也解讀不能。

符芍音從懷裡掏出大面積的紙張，抓著兩端一拉開。紙上寫著稍嫌歪斜的字跡，看得出是出自於小孩子的手筆。

「我去祠堂。我是下任家主，進入裡面不算違反祭典規定……」柯維安盯著紙上的字，慢慢唸出來。

「小小姐!?」伍書響、陸梧桐震驚，「那我們……」

思及自己的身分，兩人頓時又噤聲。他們一個懊惱地抓著頭髮，一個喪氣地把臉埋進手中。

「這是三吧？那四呢？」一刻問道。

「正在想。」符芍音很嚴肅地說。

「四。」出聲的赫然是蘇冉。

那名寡言的男孩將目光轉向僅開一條縫的門扇，「有人在門外偷聽。」

「那就把聽壁角的老鼠給揪出來！」灰幻手指一揮，原本懸浮在空中的菱形石塊猝然全撞上門板，不但尖端沒入門板，那股飛射的勁道還將門硬生生撞開。

霎時，門板狠狠撞上門後的人臉。

「嗚啊！」

一聲哀號傳出，躲在外面偷聽的梁子奕完全沒預料到門會驟然打開，被這一下打得站不住腳，一屁股向後跌坐，腦袋還有些發懵。

梁子奕摀著鼻子，感覺到格外火辣辣的疼，似乎還有溫熱的液體緩緩流下。

意識到自己被人發現的瞬間，梁子奕慌張地抬起頭，心中滿是做壞事被抓的心虛，他已經做好眼前會站著某個人的心理準備——拜託不要是那個白髮的，也不要是那個高得不像話的！

可是當他張大眼睛一看，所有人都待在書房內，沒有人站在門口。

梁子奕不禁有些傻眼，沒有人過來開門，那門是怎麼被打開的？他反射性仰望向門板，門上什麼也沒有，只是突兀地有著四個不大的凹洞。

梁子奕摀著鼻的手不自覺放下，鼻下還淌著血，讓他看起來格外狼狽。

「灰幻，你這下會不會太大力了？萬一把人打成傻子怎麼辦？而且你不是早在外面圍起結界，對方就算偷聽，也聽不到什麼吧？」柯維安看著梁子奕遲遲回不了神的呆滯表情，開始擔心他們特援部的部長是不是出手過重。

「打傻了就再打一次，問那什麼蠢問題。還有那結界不是屏蔽聲音用的，是讓偷聽者只能聽到惠先生的歌聲，我以前錄下的。」

「哇喔……惠先生的歌聲難聽到爆耶，你沒事幹嘛錄下？」

「以防萬一，對付紅綃那妖女用。」

「嗯、啊、喔……好吧，我不太想涉入你們之間的戰爭。」柯維安果斷放棄再深入追問。

「一刻，還有一個不見了。」蘇冉又說。

一刻登時反應過來，蘇冉這是說偷聽的有兩個人。

「喂，你！還有一個呢？」一刻離開座位，大步走向梁子奕，挾帶一身凌厲的氣勢，「你女朋友呢？」

「我……」梁子奕乾巴巴擠出聲音，那雙居高臨下俯視自己的眼睛，帶來了強烈的壓迫感，他有種被肉食動物盯上的錯覺，「我的女、女朋友……」

梁子奕說得斷斷續續，或許連他自己也不知道在說什麼。而等到他終於完全回過神來，「女朋友」三字頓如一記重鎚，重重敲進他的腦袋裡。

梁子奕陡然睜大眼，忙不迭地轉頭望向一邊。

可是，沒有。

應當和自己在一起的長髮少女不見蹤影。

路雪雪消失了！

「雪……雪雪!?」梁子奕大驚失色地爬起，不停張望，「雪雪！」

但梁子奕記得很清楚，書房門無預警打開之前，路雪雪確實都和自己一塊。

書房外就只有一條筆直的走道，假使路雪雪跑走，其他人一出門也一定看得到。

可是，那個白頭髮的卻問：你女朋友呢？

這說明了什麼？這說明對方也沒看到路雪雪跑開的身影……

梁子奕呼吸變得急促，他不相信路雪雪跑走了，更何況他知道自己女友的運動細胞有多差，哪可能忽然間成了飛毛腿，跑得不見人影。

「搞什麼？不就是要你解釋清楚嗎？」陸梧桐也走上前來，態度不善地一把扯起梁子奕，逼迫似地湊近對方面前，「喂，白痴，叫你說話啊！」

「她……雪雪……」梁子奕像是被掐住脖子般發出呻吟，轉瞬間又拔成一聲響亮的大吼，「她不見了！雪雪她不見了啊！」

「什、什……」陸梧桐被嚇了一跳，燙著似地猛然縮回手。

「她不見了，我說眞的！她前一秒還跟我在一起！」梁子奕臉色煞白，望著在場的每個人，緊接著從地面跳起，直接衝向柯維安，「拜託你們幫我找雪雪，幫我找我的女朋友！她突然就消失了，我沒有說謊，我發誓！」

梁子奕猝不及防地抓上柯維安的手，全然沒有防備的後者倒抽一口氣，那張娃娃臉也被驚得發白了。

「等、等一下！爲什麼是抓著我講？」

「因爲你矮？」

「媽啦，你不講話沒人當你啞巴，黑令！你幹嘛不說我是在場唯一的颯爽美少年？」

「……難以啓齒。」

「會送人菊花的傢伙還好意思說難……」

「我操！難你們他X的！閉嘴！」一刻一拳砸上門板，用最簡單粗暴的方式制止了書房內的吵鬧。

就連原先陷入歇斯底里的梁子奕也驚惶地鬆開手，不敢再緊抓著柯維安不放。

「蘇染、楊百罌，妳們負責問，那兩個五六還七八的別插嘴。」

陸梧桐瞪大眼，忿忿地想抗議，但驟然落至他腳上的重量讓他先低了頭。

符芍音的斬馬刀連著刀鞘，正戳在他的鞋子上。

「不插嘴。」符芍音站得筆挺，一手背後，目不斜視地直望前方，小臉嚴肅。

下任家主都發話了，伍書響、陸梧桐也不敢再多言。

被點名的兩名女孩子下意識對視，轉瞬間又各自收回視線。她們起身，一左一右地站到梁子奕身前。

梁子奕先是被那近距離的美麗臉蛋攝了心神，直到清冷的女聲響起，他的心神才猛地被拽回。

「爲何肯定你的女友消失了？」蘇染問，鏡片後的藍眼睛冷靜地審視著梁子奕，同時腦內亦將對方至今爲止的言行舉止做了個歸納，「消失，是指平空不見了蹤影。」

「難道你要告訴我們你的女朋友不是普通人嗎？」楊百罌分毫不差地接在蘇染後質問。她的目光冷冰冰的，像雪又像刀，「你和她都在門外偷聽我們談話。先不論這種行爲無禮又沒常識，簡直比猴子還不如。你的女朋友不見了的更大可能性……」

「就是丟下你逃走。書房外是走廊，但不長。」

「要是她使勁全力跑，要躲起來也不是做不到。」

「你四處找過了嗎？」

「你打手機給她了嗎？」

高傲和清冷的女聲彼此銜接得巧妙又精準，毫無間斷的問句就像疾射的子彈，彈無虛發地打得人幾無招架之力。

一刻在旁看得也有些目瞪口呆，「她們哪時候……默契這麼好了？」

如果他沒記錯，楊百罌和蘇染今天不是才第一次見面嗎？

「現在。」蘇冉拍拍一刻的肩膀。

「啊？」

「這是……的默契呀，小白。」柯維安含糊地說，將「情敵」兩字咬得特別不清楚。

「啥鬼啦，你敢不敢說得大聲點？」

「爲了我的安全，不敢。」

「幹！」

楊百罌極力壓抑好奇心，不然她會想豎起耳朵聆聽一刻和柯維安的談話內容。她覺得好像聽見自己的名字被提起，這讓她實在無可避免地去在意。

可是一刻又讓她和蘇染負責質問……她不想使對方失望。

楊百罌瞥覷了蘇染一眼，正好和那雙淺淡的藍眼珠對上。

說也奇怪，楊百罌感到自己能理解那名女孩接下來的心思和行動。毋須事前套好，她們自然而然就說出了那些話，簡直像行雲流水般流暢。

定了定心神，楊百罌習慣性地單手扠腰，向梁子奕進逼一步，霜雪般的眼神足以讓一名大男人遍體生寒。

「我……我……」梁子奕這時根本沒有餘力再去多注意楊百罌驚人的美貌，對方的氣勢讓他連話都快無法完整說出，「我是沒有……但、但是……」

梁子奕就像觸動什麼，霍地拔高聲音大吼，「可是雪雪的運動細胞超級差！她絕不可能跑那麼快，而且根本就沒有腳步聲啊！她不見了，她消失了，她一定是被什麼帶走了！」

「那麼，」平淡說出這句話的是蘇染。

下一剎那，蘇染和楊百罌異口同聲地開口。

「你們做了什麼，才會讓你覺得她是『被帶走』的？」

「……咦？」梁子奕張著嘴巴、眼睛瞪大，彷彿一時被奪走發聲能力。

「一般人不會立刻就往非科學的方面想。」蘇染說。

「除非你們曾經做過某件事，讓你覺得會有超現實的事發生。」楊百罌說。

梁子奕看起來像是嚇壞了，他費力地張闔幾下嘴巴，半晌後才終於又擠出發乾的聲音。

「不、不對吧……我這明明只是合理的推測，因爲雪雪平空消失了……我知道了！是你們，是你們在裝神弄鬼是不是？因爲誤以爲雪雪想偷東西……一定是那個白頭髮的告訴你們的！」

「神經病，你在說什麼鬼話？」一刻冷下臉，凌厲的眼神立即甩了過去。

「沒錯啊，你這樣沒頭沒腦的，沒有人聽得懂……嗯，梁同學？」柯維安迅速接攬追問的工作，免得梁子奕口不擇言，無意識踩中一刻的地雷，「能不能麻煩你說得清楚一點？」

或許是問話的人換成最沒威脅性的娃娃臉男孩，梁子奕感到壓迫感頓時解除不少，他急促地吸了幾口氣。

「我、我不是指他，我是說年紀小的那個……雪雪剛跟我說，她好奇在看別的房間，結果被那個小女生發現了，她怕對方會以爲她有什麼企圖……」

「慢著，你在說哪個小女生？」這次是陸梧桐不爽地出聲，「結果你還眞的是鬼話連篇啊！」

「什……」

「小小姐一直都在這裡，壓根沒有跑出去過！」

「……麼？」

梁子奕瞳孔收縮，先是怔怔地盯著陸梧桐，再慢慢轉向符芍音，隨後腿一軟，狠狠地跌坐在地。

假使那名白髮小女孩沒有出去，那路雪雪看見的……是誰？

梁子奕嘴巴開開，像離了水的魚感到呼吸困難，臉色也逐漸轉爲青白。

「搞屁啊，鬼話連篇好歹有個限度行不行？」陸梧桐不滿地碎碎唸，一轉頭卻見到伍書響震驚的目光，他納悶地推推對方的肩膀，「喂，連你也發神經了嗎？」

「發你的頭，你沒發現到嗎？」伍書響打掉那隻手，不敢置信地瞪著，「小小姐和我們在一起……」

「對啊。」

「這地方，還有跟小小姐差不多大的小孩子嗎？」

「沒……！」

陸梧桐總算反應過來問題出在哪裡，他霍地閉上嘴巴，心裡也開始七上八下。

「符芍音沒出去，既然如此，那個女人在這屋子裡看見的小孩……」灰幻不覺有任何掩飾的必要，將話挑明，「究竟是誰？」

書房裡一片靜默。

梁子奕癱坐在地，背脊被冷汗浸得發涼。他想到了很多東西，想到他們誤入的祠堂，想到那些奇形怪狀的石頭，想到在路雪雪背包旁撿到的深圓石頭……

但他怎樣也沒想到，符芍音會猝不及防地跑躍過來，一個眨眼就落足在自己眼前。

斬馬刀飛速一抬，符芍音將末端抵在梁子奕的下巴。

即使那刀還連著刀鞘，梁子奕也難掩畏色。

符芍音的刀倏然再一轉向，俐落指向梁子奕的褲管上。

霎時，所有人都清楚看見了青年的褲管邊緣，赫然有著一塊黑印子。乍看下像是沾染到髒污，可是再仔細觀察，就會發覺那形狀……

竟有幾分像是小孩的手印！

梁子奕自己也看見了，他臉上布滿駭然之色。他很確定在這之前，自己的褲子上並沒有這東西！

「蘇染。」一刻立即望向自己的青梅竹馬。

「我看見的時候，形狀還不明顯。」蘇染如同知道對方問題般飛快回答。

「欸，黑令，你看見的時候也是沒具體形狀嗎？」柯維安想了想，忍不住還是低聲問著身側的灰髮青年。

黑令只是給了三個字，「不知道。」

「啥？」

「看不見。」

柯維安幾乎要被那回答噎住了，看不見的話當初還講個毛線……啊！

柯維安思緒一頓，瞬間意會過來，黑令之前的「不能具體描述」是指什麼意思了。

黑令不是故意和人作對，而是他僅僅是「感覺到」，並不是如同蘇染般「看得見」。

但如今，他們大夥都能瞧見梁子奕褲管的黑手印……這代表什麼？

柯維安握緊拳，胸口像被異物堵住。他感到一股難以言喻的不安沿著自己的後背爬上，近得就像要貼靠在耳邊，然後嘶啞地呢喃……

「砰」地一聲，響亮的關門聲驟然在屋內響起。

書房的門被關上，灰幻瞥了像被驚回神的柯維安一眼，接著對蘇染和楊百罌揮揮手，要兩名女孩子都退開，他自己大步流星地走至梁子奕面前。

灰幻蹲下身，手指不客氣地捏握上對方的臉。

「我的耐性很差。」灰幻聲音粗厲危險，「你現在最好老實交代。或者你和你的人類女朋友，就乾脆把自己的安全賠進去算了。」

梁子奕沒有聽清灰幻用了「人類」兩字，他的下顎骨被那不符少年身形的力道捏得快碎了，可是吃痛聲就像被卡住，遲遲發不出來。

梁子奕瞠大眼，裡頭的驚懼神色越來越濃，他瞪得眼珠幾乎快掉出來。

因爲他親眼目睹那名灰髮少年的眼瞳發生異變。

漆黑的色澤隱沒，取而代之的是一圈蒼白收縮在虹膜之上。

人類絕對不可能會有那樣的眼睛！

「最後一次，你們做了什麼蠢事！」

在灰幻接近咆哮的厲喝中，梁子奕閉上眼，像是尖叫地喊道：

「地上的石堆塔！我在拍照的時候，不小心把靠近神桌底下的石堆塔踩塌了……但我有把它疊好，我眞的有把它疊好！」

灰幻霍地收手，詭譎的眼瞳沒有離開梁子奕臉上。

半晌後，那名大學生囁囁嚅嚅地又說了：

「……但是，有幾片裂開了。」

第八章

符家祠堂祭拜的是什麼？

誰也不知道。

祠堂裡擺設著什麼？

今年第一次參與乏月祭的伍書響、陸梧桐不知道。

但是，身爲下任家主的符芍音知道。

個子嬌小，說話又極其簡短的小女孩，在第一時間展現了與她年紀不符的行動力與魄力。

符芍音迅速找出書房裡的便利貼，接連寫了多張，接下來就把那些被寫了字的便利貼，一張張貼到眾人的腿上或手掌上。

伍書響和陸梧桐被貼上的是「守」。

楊百罌、蘇染、蘇冉是「客」。

黑令、柯維安、一刻，還有灰幻是「找」。

至於梁子奕，則是額頭不客氣地被拍上一張「囚」。

隨著那看似不輕不重的一拍，梁子奕的意識就像遭到切斷。眼一閉，身體也跟著砸至地面上，再也沒有了動靜。

還未等符芍音說明那些字的含意，灰幻已直截了當地下了命令。

「貼『守』的看好那個人類。貼『客』的乖乖待在屋子裡繼續當客人。剩下的，就跟我去山上找那個失蹤的雌性人類。」

「我有異議。」楊百罌想也不想地撐起身子，嚴厲的眸光直視灰幻，嬌顏沒有一絲退讓。

只不過灰幻同樣粗暴地截斷楊百罌的句子。

「有異議就有異議，但關我屁事！」灰幻一掌拍上桌面，鑲有一圈蒼白的奇異眼眸抬起，「楊百罌，妳是楊家家主，妳在這裡的話，符家不管誰來，都不會敢動妳。而那對雙胞胎，你們體質特殊，不想多招什麼回來，就也給我留在這幢屋子裡。」

楊百罌抿直嘴唇，當下明白灰幻的言下之意。

假使這時間點眞有符家人上門，當著她的面，也不會對其他人的去向有太多疑問。楊家家主的身分放在那裡，就是最好的掩護。

就算對自己在行動上無法幫上忙而心有不甘，楊百罌還是分得清事情輕重。她強迫自己冷靜下來，坐回位子上。

同樣被點名留下的蘇染、蘇冉，則是在一刻投來的眼神下，表示同意地點點頭。

柯維安鬆口氣，還眞怕灰幻獨斷獨行的態度先惹出紛爭，幸好灰幻也自有考量。

這邊幾人很快就被說服，另一邊的伍書響和陸梧桐卻是跳腳了。

這裡是他們符家的地盤，憑什麼他們也得聽一名妖怪的指揮？

「誰要聽你的命令啊！」

「地是符家的，祠堂是符家的，再怎麼說都是小小姐來指揮吧？」

「說得對！是沒看到小小姐貼的這些便條……紙……」

說到後來，兩人頓時沒了聲音。他們後知後覺地發現，灰幻的那些指令，與貼在他們每個人身上的便條紙……好像很合耶。

「意思，一樣。」符芍音開口了，她挺起胸膛，下巴抬起，「但，跟我。」

「我知道了！小芍音是指我們這些『找』字組的是跟她上山，而不是跟灰幻。」柯維安恍然大悟地一擊掌，換來的是符芍音的鄭重點頭。

「帶隊。」符芍音指指自己，「我。」

灰幻對於誰負責領隊沒有意見，只要事情能順利進行即可。

正巧，屋外的陣雨也早停歇了一些時候，上山找人不會有太大的阻礙。

一刻他們都清楚，找人貴在快。

沒有太多磨蹭，幾人當即行動起來。包括一向最沒幹勁的黑令也未推拖，二話不說便加入搜尋的隊伍裡。

這份意料外的乾脆，甚至讓多少摸清黑令性子的柯維安感到匪夷所思。可轉念一想，他又將這份狐疑丟得遠遠的。

這趟任務，黑家家主與黑令有達成什麼協定吧？例如那位家主又哭著求自家兒子之類的。

雖然對大部分事都不感興趣，但只要給出承諾，黑令就會言出必行。

隨著五個人離開，別館裡的聲音就像瞬間被抽離了。

伍書響和陸梧桐看著蘇染、蘇冉、楊百罌各自坐在一樓大廳的位子。三人默不作聲，挑的座位不同，卻都是能看見窗外景色，只要外邊稍有動靜，皆可收入眼內。

他們兩人站在一旁，覺得這三人間分明安安靜靜的、視線也沒對上，可彷彿有股暗潮洶湧的詭異氣氛正流動著。

流動的方向，好像還是在兩名女孩子之間。

「喂，是不是怪怪的……」就算遲鈍如陸梧桐，也不免感到坐立不安。光是待在這，就覺得空氣裡像帶了尖銳的成分，刺得皮膚隱隱作疼。

「怪到我恨不得拔腿就跑……」伍書響喃喃地說，「前輩和那個長辮子神使都是美女，但我完全沒有多欣賞一秒的心情……這還不夠怪嗎？」

「靠，我也是耶！」

「那麼……」

兩人對望一眼，隨即有志一同地大叫一聲「我們去看守那個男的」，便腳底抹油般，飛快逃出大廳。

□

不同於別館莫名的詭譎氣氛，山上的氛圍是靜謐的，靜謐到不可思議。

踏上石板步道不久，一刻等人就注意到這個異常的現象。

蟲不鳴、鳥不啼，山裡的生物宛如都噤了聲，藏起身來躲在暗處，偷偷觀察進入山中的這些人。

唯有符芍音平靜地說：「乏月祭前後，皆是此狀態。」

爲了盡早找到失蹤的路雪雪，一夥人又拆分成兩組，爲的是避免全在符家祠堂撲了空。

灰幻和符芍音一起，一刻、柯維安，以及黑令共同行動。

對於這分配，柯維安嚴正地表達出他的不滿，質疑爲什麼不是他和一刻、符芍音一起？偏偏是和黑令這個身高超標的過保鮮期生物？

只不過所有的抗議，都被一刻的一句話打了回去。

「所以你希望黑令和灰幻一組？你確定他們倆的個性放在一起沒問題，老子就沒意見。還有，過保鮮期這個地圖炮再打過來，信不信我宰了你！」

「就算甜心你過期也是我的天使！是說剛剛的提議當我沒提，我眞怕那兩隻變相殺組……好痛！小白你輕點！嗚呃呃呃，我不是故意要說你過期的啊——」

在柯維安的慘叫聲中，灰幻看也不看地和符芍音走上另一條步道，將自己公會神使的聲音遠遠拋在後頭。

很快地，灰幻留意到這條山道的獨特之處。

與方才他們眾人所走的相較，此處雖然也林立著筆直高聳的樹木，然而在樹枝上卻多出了小巧的燈籠。

燈籠外圍還包覆著一圈骨架，猶如一雙素白纖細的手將之捧在上頭。

起初燈籠數量不算多，稀稀疏疏的，但只要放眼往前一望，就會發現越往深幽處走，懸掛在樹上的燈籠越密集。

不難想像，倘若一到夜晚，燈火點起，樹影幢幢，又會是怎樣的幽寂之景。

灰幻只是微瞇下眼打量，就猜出符芍音帶他走上的是乞月祭專用道路。

「我們要去祠堂。」灰幻用的是肯定語氣。

「是。」符芍音也仿效同樣的語氣。像是覺得這樣的表現力不夠，她還停下腳步，轉身對著灰幻愼重地點點頭。

「妳會讓我進去？」灰幻抱著胸。即使面對的是個小女孩，還是一如以往地板著臉，眉宇間盤踞的是揮之不去的不近人情和暴躁之氣。

不知情的人見了，也許會懷疑他面對的是怎樣深仇大恨的對象，才會擺出那種表情來。如果柯維安在場，他一定會中肯地說：灰幻天生就是臉臭，活像生來被人欠了幾百萬。

符芍音年紀雖小，但早有大將之風，處處皆展現出不同於孩童的鎮定。就算沐浴在那如鑿刀的嚴峻視線下，小臉蛋還是沒有一絲表情波動。

「會進去。」對於灰幻的質問，符芍音依舊用著肯定的語氣，長睫毛慢慢眨動幾下，彷彿反問為什麼要提出這種問題。

「我以爲符家的破規矩是不准任何人進去。」灰幻微傾身，在近距離下，那雙眼瞳更顯懾人。

「不破。」符芍音連眼睫也沒眨，更遑論流露怯意，「你是妖怪。」

「廢話，我當然是妖怪。假使妳看不出來，那眼睛也沒用了。」

「對，是妖怪。」

「小鬼，妳是複讀機嗎？」

「所以，非任何『人』。」

灰幻本來欲不耐地咂舌，卻在聽見符芍音的最後一句話愣住了。

「不是，人。」符芍音豎起食指，紅眸裡似乎流轉過一瞬間的狡猾。

灰幻繃著的臉部線條頓地鬆開，他扯扯嘴角，露出近似微笑的表情，「妳這小鬼有點意思，符邵音不是無故挑妳當繼承人。以後有機會來公會，我介紹妳另一個更有意思的女人，不過記得要準備一筆認識費。」

灰幻沒發覺自己的語氣滲著破天荒的溫情，讓人一聽就能明白，他口中提到的對象對他有多重要。

「好，會存錢。」符芍音也認眞地在胸前比了個圓形的輪廓，「有存小豬。」

灰幻忽地舉起一隻手，指尖竄閃過瞬間微光，像是一點星屑落下。緊接著，步道四周的泥土、砂石、碎屑震動，轉眼再飛速升起，凝聚成一條有如長蛇的存在。

「這山有其他的力量在，也許符邵音曾在這設過什麼結界。我沒辦法好好地利用大地感應，不過操縱這些玩意還做得到。」

「石頭類的妖怪？」

「妳猜吧，猜中了我也不會回答妳。」

灰幻向來沒興趣向人坦承自己眞正的種族，他舉步往前走，身邊的灰蛇則是快一步地飛竄前方，如同負責打探動靜。

符芍音加大步伐，幾乎是連走帶跑地跟上，再一口氣超前，堅持帶隊的人就要走在前方。

灰幻任憑身前的小女孩像兔子般跑跳，也沒有放慢速度的意思。

過不了多久，兩人就在下一轉角後，瞧見了高大的石造牌樓。

符芍音毫不猶豫地帶領著灰幻穿過牌樓，一路向前，直到他們的視野內映入祠堂的輪廓。

和牌樓一樣，祠堂外牆也是石塊砌造，屋瓦是暗灰色的。清一色皆是暗沉色調，讓這座只有單殿的建築物一點也不張揚，低調得可以，似乎輕易就會被人忽略。

而這不顯目的祠堂，正是符家的禁地。

灰幻收回了力量，幫忙探路的泥沙蛇「嘩」地崩解，散落在泥土地上。

灰幻也是頭一次踏上符家的禁地範圍，他先在祠堂外兜轉一圈，沒有發現任何異常。

應該說，這地方的氛圍太普通了，絲毫感受不到特別之處。倘若不是已經知道這是符家禁地，只怕灰幻也不會多加留意。

既然外邊沒有異樣，那麼……

灰幻的目光落至敞開的烏木大門，門板上還掛著一條垂落的鐵鍊，有些鏽蝕的鎖頭則像被人遺忘般躺在地面。

符芍音撿起鎖頭，再湊近鐵鍊，觀察了一會兒，很肯定地說，「撬開，砸壞。」

「簡單地說，就是被外力破壞。我看那兩個人類沒說實話。」灰幻冷笑。打從一開始，他就沒將梁子奕和路雪雪的話照單全收。

攤開掌心，待數枚鋒利的石塊懸浮在自己手上，灰幻便邁步跨進，但一隻小手扯住他的衣角。

「我，領隊。」符芍音的小手使勁，顯得很堅持。

「少蠢了，妳那刀在拔出來的時候，就會先在裡面卡住吧。如果敵人躲在裡面，妳都不知道死幾次了。」

「不會。」

「管妳會不會，滾到後面。」

「不要。妖怪，也可以保護。」

「……妳是什麼意思？」灰幻頓住原本想揮開對方的手，灰眸瞇細起來，眼神變得嚴厲。

「跟奶奶一樣，可以保護。」符芍音不退讓地迎視回去。

雖然符芍音的句子仍然簡潔，灰幻卻從中獲得某項資訊。

可以和符邵音一樣保護妖怪……莫非……

「妳知道……妳見過水瀾？」灰幻這次眞的有些吃驚了。

「水中藤，見過，偷偷的，別說。」符芍音點點頭，隨後又朝灰幻伸出小指，「祕密，男子漢的約定。」

「妳不是男的。」灰幻不爲所動，沒有要和面前小女孩勾手指的打算。

符芍音也不氣餒，她歪頭想了下，然後雙眼乍亮，再接再厲伸出小指。

「那，女漢子的約定。」

灰幻臉色頓時鐵青，暴怒之色躍上眉間。不過在他破口大罵之前，符芍音已搶得先機，一馬當先地往祠堂裡鑽。像要證明自己的武器不會礙事，她在用符紙召出斬馬刀時，是不帶刀鞘的。

這不是符芍音第一次進入這裡，她早有先見之明地閉著氣，再慢慢呼吸，逐漸適應裡頭那股稱不上好聞的氣味。

沒有任何心理準備的灰幻一踏入，便嫌惡地擰起眉頭。他看見祠堂裡的神桌上供奉的是眾多奇詭異狀的石頭，看見神桌下方有兩座小小的石塔，其中一座的幾枚石片確實裂開了。

除此之外，就什麼也沒看見。

祠堂裡僅有他們兩人。

路雪雪不在這裡。

如果平空消失的路雪雪不在這裡，會在哪裡？

「有暗室或密道之類的嗎？」灰幻走近那些被供奉的石頭。

石上全無刻字，讓人無從猜測這些石頭被安置在祠堂內的意義。

符芍音誠實地搖搖頭，她蹲下身，往神桌內部探望，同樣一無所獲。

「這堆石頭和那兩座石塔的意義，妳知道嗎？」灰幻也蹲在那座損壞了的石塔前。他伸手覆在上方，嘗試著能否感應到蛛絲馬跡。只不過和他以往碰觸過的石頭全然不同，上面沒有任何訊息，也沒有一絲波動。

彷彿他碰觸的是一團死寂冰冷的黑暗。

「不知。」符芍音還是搖頭。她張嘴想要再說話，可隨即換拿出身上帶著的紙筆，在桌上振筆疾書。不消半晌，將寫好的紙條攤展在灰幻眼前。

比起符芍音平時的言簡意賅，紙上的字倒是密密麻麻。

灰幻面無表情地托著下巴，眨眼就把紙上的內容掃視完畢。

乞月祭是由符邵音發起，祠堂亦是由她親自監製建蓋。

可以說，就只有符邵音才真正知曉這座祠堂存在的理由，或者祕密。

「……麻煩。」灰幻煩躁地嘖了聲。

梁子奕和路雪雪在進入祠堂後帶回某些不乾淨的東西，加上梁子奕還將祠堂裡的石堆塔踩裂……按道理來說，如果路雪雪被未知力量帶走，最有可能作祟的就是這間祠堂。

然而在這裡，非但沒有發現那名少女的蹤影，就連該有詭異的石堆塔，也感受不到異樣的氣氛。

簡直就像，這只是一間再普通不過的祠堂。

不對，它的普通就是最不對勁之處。

符邵音絕對不可能為普通物事舉行壬月祭。

就在灰幻考慮要不乾脆簡單粗暴點，避開符家本館的耳目，直接闖進符邵音的房間逼問之際，與他正好面對面站著的符芍音霍地睜大眼眸。

灰幻是分神在想事情，但不代表沒有留意周遭變動，他一下子就發覺符芍音的異狀。

白髮小女孩像是目睹了什麼。

灰幻二話不說地快速回頭，掌心上的石塊同時也甩射出去。

篤、篤，篤！尖石刺入壁面，也刺進壁面上的影子。

可是，僅僅只有影子。

祠堂內並無第三者的存在，自門口射入的光線雖沒法讓內部空間大亮，卻也足夠讓人清楚視物。

灰幻和符芍音看得清楚，他們眼前那面牆壁上，除了原先的投影，赫然又多了數道漆黑的人形影子。

它們體型矮小，看似年幼孩童，手腳呈現不自然的斜長和扭曲。

但是這間祠堂就只有灰幻和符芍音，那些歪歪曲曲的小孩影子又是從哪裡來的？

灰幻眼神瞬冷，他很確定自己在這地方沒有感覺到任何妖氣接近。

那是什麼東西？

比起出聲質問，灰幻更擅長當機立斷動手。更何況，對方會不會回答還不知道，那又何必浪費時間？

無數灰色細沙驀地在灰幻手中成形，像小形旋風般轉動，旋即迅雷不及掩耳地呼嘯衝出。

每一粒實際上都有尖利稜角的細沙撞擊在石牆上，在上頭留下大量細微凹坑。

然而投映在牆上的漆黑影子像是毫無所覺，它們自顧自地移動、跑跳，扭曲的手腳像是嘻嘻哈哈地恣意擺動，如同一場怪誕的舞蹈。

那場景，說有多詭異就有多詭異。

屬於孩童的影子從這面牆跑到另一面，細碎的聲音在它們移動間跟著流洩出來。

紅紅的眼睛盯著我們。

紅紅的顏料滴滴答答。

紅紅的顏料嘩啦嘩啦。

那是渾茫模糊的小孩子歌聲，有男有女，歌詞古怪詭異。

爸爸、媽媽、哥哥、姊姊、弟弟、妹妹。

我們想要，但我們　沒有。

爸爸、媽媽、哥哥、姊姊、弟弟、妹妹。

我們想要，但我們……

眼看影子就要接近大門，符芍音猛地揮出斬馬刀。迅烈的刀勢不偏不倚斬在影子的歪曲雙腳上，連帶也斬斷未完的歌聲。

歌聲雖停，可是影子們還是像黑色的魚滑過刀鋒，一晃眼全沿著門板直達地面，貼著步道的石板游竄離開。

「追！」灰幻一掌拍上牆壁，由指尖滲湧的深灰粒子飛也似地填補過牆上的凹坑裂縫。

待祠堂內部恢復原樣，灰幻也飛身追了出去。

□

另一邊的一刻等人在山道間行走。

三名大男生之間的氣氛很安靜，安靜得幾乎不符合他們吵鬧的年紀。

一刻是沒人找自己搭話，就懶得開口說話；柯維安是正努力想著該說什麼話；至於黑令，能不說話他就不說話。除非有必要，否則要他說出一個字，他都覺得提不起勁。

高大的灰髮青年就連走起路來都無精打采，但步伐卻也沒落後一分，依舊和前方兩人保持著固定的距離。

黑令無聲踩在步道石板上，兜帽下的灰瞳偶爾向四周巡望，大部分的時間不是望著被樹梢切割的天空，就是看著一成不變的路面。

如果不是那雙淺灰的眼珠還透露出凌厲，看起來簡直就是心不在焉地在發呆。

若柯維安正好轉過頭來，那麼他肯定會說：別懷疑了，黑令那傢伙就是在發呆沒錯。不要被他的眼神給騙了，那只不過是種天生的障眼法。

但柯維安沒有真的轉過頭來，所以黑令繼續發他的呆，直到他往口袋裡一摸，發現裡頭空無一物。

黑令想了想，接著毫不猶豫地伸手，往前方的柯維安肩膀一戳。

這邊柯維安還在苦思著可以討一刻歡心，又不會再遭受暴力鎮壓的話題，從後頭突來的一戳讓他嚇了一跳，只覺心肝似乎也要跟著蹦出來。

「天啊，黑令！別嚇人行不行？」柯維安扭頭不滿地抱怨。一瞧見黑令和自己還隔了那麼段距離，卻仍有辦法搆到自己的肩膀，頓時不滿加劇，「可惡，手長了不起嗎？這是赤裸裸的炫耀啊，混蛋！」

「你才是赤裸裸的嫉妒吧？」一刻白了柯維安一眼，卻沒想到自己的搭話立即讓柯維安雙眼發亮，娃娃臉一併容光煥發。

「小白、小白，你終於主動開啓了話題，我好感動！」柯維安當下把黑令拋在腦後，他雙手交握，彷彿連頭髮都要有精神地翹起來，「來吧，就讓我們裸裎相對、秉燭長……」

「長你老木。」一刻簡單地以這四個字作爲答覆。他投給柯維安的已經不是白眼，而是鄙夷的目光了，「現在是白天，說那些狗屁不通的……你是忘記正事了嗎？」

「報告組織，絕對沒有！」柯維安連忙舉手敬禮。像是要強調自己所言不假，他馬上加大步伐和行走的速度，率先超前隊伍。

雖然手長腳長，但也沒有長得超出正常人範圍的黑令，手臂登時落了一個空，來不及成功再度碰上柯維安肩頭。

一刻眼角餘光瞥見這一幕。

老實說，他不擅長應付黑令，也弄不懂那張撲克臉後轉動著什麼心思，更遑論看透黑令眼下舉動的意義。

所以一刻聳聳肩膀，不以爲意地當作沒看見，反正黑令要找的是柯維安。

一刻也邁出大步，和柯維安並肩行進。沒了眼鏡遮掩而顯得愈發銳利的目光，仔細地搜尋兩側，就怕錯過有關路雪雪蹤跡的線索。

雖說那名女孩子很有可能是被不知名的力量帶至符家祠堂，但也不排除是不是會出現在山裡其他地方的可能性。

只可惜一路走來，尚未有任何收穫。

「或許……還是要把蘇染、蘇冉帶過來。」一刻若有所思地說。

「不行啦，小白。」柯維安趕緊在胸前比出一個「X」，「灰幻不是說過，你家青梅竹馬的體質特殊，一個看得見，一個聽得見，偏偏山裡向來亂七八糟的東西也挺多。有的要是察覺自己被注意到了，說不定就會跟上來，到時帶回別館的恐怕也會越來越……」

「……你當他們是捕蚊燈嗎？那你自己呢？」

「我？」

「你不是聞得出來？喂，你確定自己就不會出問題嗎？」

「放心吧，甜心，我只聞得到鬼魂味。」發覺一刻強硬語氣下的關心，柯維安笑咪咪地說道：「總之，就是阿飄限定……啊，我想起來了！小白，你不是要問我乇月祭的事嗎？乾脆就一邊找人，一邊聽我說吧。」

一刻倒沒想到柯維安會在這時候重提起這話題，可是見對方一臉想邀功、興致勃勃的模樣，況且他的確很想知道乇月祭的詳細事宜，他點點頭，同時沒有放鬆對周遭動靜的注意力。

柯維安清了清喉嚨。

「咳，雖然我曾陪師父來過符家，不過乇月祭我也是第一次參加。顧名思義，乇月祭就是在無月亮的夜晚舉行的祭典。符家家主會率眾從本館出發，族中弟子的眼會覆上畫有咒紋的布條，手持火把，前往祠堂；那布很透，所以不會看不見路。而通往祠堂的專用步道上，所有燈籠也會點亮。」

「為了避免祭典受到驚擾，村裡大多數人都會提前離村，就像我們來時看到的那樣。但人數過少，又擔心不夠敬重，最後就有了田裡的那些稻草人。它們是用來代替村民，讓這場祭典要祭拜的守護神可以感覺到村裡仍是充滿客人……唔，不過現在也不曉得那到底是不是守護神了。」

「是說，我一直對那些稻草人很有意見，長得真的太恐怖片FU了。當初符邵音曾問我加點什麼是不是比較好，但加了花好像看起來更詭異……小白，你說是不是？」

柯維安眨巴的大眼睛轉望向一刻，宛如在詢問對方的看法。

一刻抹把臉，他敢打賭——起碼可以用曲九江寄放在他這的草莓蘇打打賭——柯維安大概沒發現自己在無意間說了什麼。

「柯維安，你說你今年第一次參加乞月祭？」

「嗯，對呀。」

「你不覺得你對祭典太過了解了嗎？」

「其實都是師父告訴我的。」

「問題是，你剛說符邵音問你意見了。」

「咦？」

「你說了……符家家主問了你乏月祭稻草人的意見。」一刻一字一字地說。他原本是抱持著柯維安不想多說，他就不問的打算，結果對方反而自己先說溜嘴，還是一個明顯到不能忽視的破綻。

柯維安睁大眼，數秒後才像意識到自己失言般摀上嘴巴。他緊張地盯著一刻，像在無聲地追問現在該怎麼辦。

一刻才是想問該怎麼辦的人。柯維安自己都說出來了，難道他就有辦法將那些話重新塞回對方嘴巴裡嗎？

柯維安眼珠慌亂地轉動了下，腦中思緒也飛快運轉，他幾乎都能聽見思考時發出的摩擦聲了。他緊緊盯著一刻的臉，覺得自己快要成功擠出話時，說時遲、那時快，背後冷不防傳來戳刺的力道。

完全沒有防備的柯維安被驚得跳起，寒毛也跟著齊齊立了起來。

本來的緊張感瞬間轉為驚嚇，再迅速轉爲氣急敗壞，像火焰般朝身後人噴發出去。

「我靠！你到底煩不煩？一戳再戳的……沒看到我正在想要怎麼跟我家甜心解釋，我算符家人，但也不是符家……！」

柯維安未竟的怒喊霍地卡住。他知道戳他的人是黑令，但他沒料到隨著他轉頭，撞入眼中的會是貼得和自己幾乎沒間隙的暗色影子。

——或者可以說，黑令根本是零距離站在他身後。

滿眼都是黑令胸膛處的柯維安反射性仰高頭，旋即忙不迭地向後跳開一大步。

「媽啊！你什麼時候靠那麼近了？」柯維安心臟急促地跳，鼻子在方才急速回頭時還撞得隱隱作疼。

柯維安慶幸自己的心臟還算強大，否則被人像鬼魅般無聲無息靠近，還緊貼在背後，相信誰都會承受不起。

「證明，不是炫耀。」面對柯維安投來的指責，黑令還是那副緩慢、提不起勁的語氣，「還有，也沒有赤裸裸。」

……他在說什麼鬼？一刻用眼神問向柯維安。

好歹讓我思考個十秒鐘啊，甜心。柯維安也用眼神回答。他手臂交叉在胸前，歪著頭，努力思索一會兒後，娃娃臉上露出恍然大悟的表情。

「是表示自己沒有要炫耀手長吧？也強調自己不是赤裸裸……嗚呃，那也只是一種比喻，不是真的……算了。」柯維安的恍然大悟很快就成了無力，肩膀也不禁垮了下來。

一刻倒是聽懂了柯維安的解釋，他也覺得這話題還是算了。

「聽他說話，我總有種我們不是在同個頻道上的感覺。」

「小白你也這麼覺得，對吧？太好了，我不是一個人！對了，我剛剛喊的那句……你沒聽到吧？」

「你覺得呢？」

「你皮笑肉不笑的樣子有點嚇人耶，親愛的……那個，這事情說起來有點長。」

「那就長話短說。」

「還，相當曲折。」

「再截彎取直。」

「可能，還挺複雜的。」

「沒聽過化繁爲簡嗎？」

「小白！你的成語會不會用得太好了？」被接連的回擊堵得幾乎啞口無言的柯維安忍不住跳腳，最後他心一橫，豁出去地說道：「在必要時刻到來前……我還不想先說！」

柯維安以爲自己會看見一刻不悅的神情和冷厲的眼神，畢竟他總纏著對方，想要知道和對方有關的事，如今自己卻又死抱著祕密不肯透露。

柯維安用力閉上眼，即便做好心理準備，他還是害怕看見。

可是，柯維安卻聽到一刻這麼說了。

「那麼，就不用說。」

什麼？柯維安呆住，飛快張開眼，見到的是白髮男孩挑著眉，常給人不好親近感覺的臉上，掛著不會錯認的笑意。

就算那微笑很淺，只是稍稍扯動嘴角，但已足夠讓柯維安緊繃的身心一口氣全鬆懈下來。

柯維安的身體甚至不穩地晃了晃，很快又穩住。

「小白，你……」柯維安屏著氣，小心翼翼地問，「你不生氣？」

「生個鳥氣。你都說還不想說了，那麼誰都沒權力強迫你開口。」或許是柯維安瞪圓眼睛的模樣像極了傻乎乎注視人的小動物，一刻伸手在對方那頭鬈髮上大力搓揉一下，把那些髮絲弄得更鬈翹。

遠看眞像個鳥巢。

柯維安一點也不介意頭髮被弄亂，相反地，他感到開心的情緒就像一顆又一顆的大泡泡，不斷自心裡飛升起，然後「啵、啵、啵」地炸裂，整個胸口沉浸在那份欣喜中。

柯維安咧出個大大的笑容，眼睛瞇成彎月，彷彿連頰邊的淺淺雀斑都跟著鮮活起來，甚至有了主動搭理黑令的心思。

「黑令、黑令，你戳我幹嘛？」

「南瓜子沒了，要糖。」

「我的媽啊，你是太會吃還是口腔期不滿足啊……棒棒糖我沒了，全送給小芍音了，不過還有巧克力，吃嗎？」

黑令用點頭作爲回應。

一刻看著柯維安把大背包移到胸前，眞從裡面翻找出一把把巧克力。數量之多，都讓他懷疑起那背包根本是把整間糖果店都塞進去了吧？

「哎，因爲我以爲珊琳會來嘛，加上可能要待好幾天，才多帶了糖果。」似乎是看穿一刻心裡的疑問，柯維安笑嘻嘻地說。

「還有啊，小白，扣除掉我不想說的部分……我可以告訴你，我小時候待過符家一陣子，時間很短、很短就是了，後來跟師父到公會去。嗯，我沒學過狩妖士的法術，之後和符邵音的聯絡也就只有稻草人那一次，我也不懂她爲什麼要問我意見，大概就是這……」

柯維安不知爲何遲遲沒有吐出最後一字，不僅如此，連他翻找巧克力的動作也頓住了。他的笑容凝固，嚥了嚥口水，再次擠出聲音，只不過聲音有點乾澀。

「小白。」柯維安說，「我好像……眞的聞到那個限定味道了耶。」

限定味道？一刻的困惑只是一瞬。鬼魂的味道！

簡直就像印證柯維安的說法，樹梢頂端倏然一陣響動，枝葉摩擦。

緊接著，底下三人都看見一道詭譎黑影疾如風地貼著樹幹竄下，過快的速度似乎將那影子拉得變形、歪曲。

可是，大致還能看出它的外形接近孩童。

影子一晃眼便貼上地，它沒有攻擊一刻等人，也沒有往他們逼近，而是飛也似地貼沿著地面，朝山道前方游動。

那烙在眼中的景象清晰得有如慢動作播放，可其實是一瞬間所發生的事。

在誰也還沒來得及做出反應，影子已順著步道消失在山林中。

隨即而來的是一聲驚駭的尖叫。

「這是什麼？不要——不要過來！」

女孩子的聲音。是路雪雪的聲音！

原來那名少女就在前方而已嗎？

無暇多想、也容不得自己多想，一刻左手無名指閃繞橘紋，二話不說拔腿前奔。

柯維安動作也不慢，一股腦地將大把巧克力塞進黑令手中，抓出筆電，背包往身後一甩，踩著敏捷的腳步追了上去。

黑令看起來是有些慢條斯理，他將一顆巧克力塞進口中，腮幫子因此微微鼓起。隨後他扯下兜帽，長腿一邁。

上一秒還散發溫吞勁的修長身子，下一秒風馳電掣地迎頭趕上前方的人影。

第九章

影子游竄的速度很快，簡直就像一尾黑色的魚，鋪著石板的步道是屬於它的河流。

不過就算影子再怎麼快，動用了神使及狩妖士力量的一刻三人，從後追上也只是一會兒。

當步道上不再有石板鋪疊，變成了只剩邊框用樹枝一格格框起的泥土地時，一刻他們也目睹了黑影即將飛衝向長髮少女的景象。

路雪雪的衣服上沾著大片泥土印，彷彿之前整個人曾趴躺在地面。她緊貼著一旁樹幹，臉蛋蒼白，看起來像是想要閃躲黑影，卻被逼得無路可退。

「不要！救命、救命！那是什麼？爲什麼我會在這裡？子奕你在哪裡——」路雪雪下意識尖叫出男友的名字。

眼見黑色影子伸展，四肢像是歪曲人形要給予自己擁抱，路雪雪驚駭地閉上眼，什麼也不敢看，什麼也不敢想。

「柯維安！」一刻當即大喊。

「知道了，小白！」柯維安額前金紋閃耀出更明顯的流光。他迅速將手探進早已準備好的筆電螢幕裡，一把抽出了一支巨大毛筆。

靠著單手的掌握，柯維安俐落地將毛筆往前方一甩墨漬。筆尖上沾染的金墨登時如飛箭疾射，成了一圈月牙弧形，攔擋在黑影和路雪雪之間。

緊閉著眼的路雪雪不會知道發生什麼事。

她不知道金色的墨漬像堵牆般阻止了黑影的進擊，更不會知道另一束白影緊追在後，凶猛地貫穿黑影，並且因爲勁道太猛烈，尖端還扎進了金墨形成的障壁上。

咿！好痛好痛！好痛痛痛痛痛痛痛──影子爆出淒厲尖叫，那聲音赫然是年幼的小孩子。

黑影被釘掛在半空中，它掙扎著手腳，隨後竟像撕扯布料似地，將被白針貫穿的那塊軀體猛地撕下。

失去了白針的束縛，黑影重重摔墜在地，在地面打滾好幾圈，最末蜷縮著顫抖。

即使只是一道影子，可是那景象依舊讓人不禁不寒而慄。

小孩子，正確來說是小女生的尖叫，讓恐懼滿載到極限的路雪雪雙腿一軟。她貼著樹幹，哆嗦滑下，緊閉的雙眼似乎隱隱有要掀開的跡象。

「黑令，弄暈她！」柯維安警覺地發現到，語速飛快地喊了一聲。

黑令吞下最後一口已然融開的巧克力，依言照做了。

罩著連帽外套的身影就像狼一樣蓄滿力量，然後爆發。

只不過一剎那，黑令就踩在路雪雪身邊的地面，大手猝地扣上她的臉。

柯維安瞪大眼，心臟都要提到嗓子眼了，「拜託、拜託別撞頭啊！那只是普通女孩子的腦袋！」

黑令的動作不明顯地一頓，接著快速改從脖子處擊暈了對方。

——由此可以看出，那名灰髮青年本來是真的要直接抓著路雪雪的頭往後方樹幹撞的。

饒是一刻見了，也不禁要「我操」一聲。他對女孩子一樣可以不留情，但也得建立在對方是「敵人」這前提上。

「小白，我忽然覺得不在同一頻道真是客氣了……我們和那傢伙根本不在同一星球上了吧？」柯維安乾巴巴地說，手上動作卻也沒閒下。一瞄見身體殘缺的影子要跑，他毛筆即刻再揮灑，製造出一個密閉的封印空間，「那人估計是倉鼠星的……倉鼠星的巨大王子！」

「你那到底是讚美還是諷刺？而且那星球聽起來就很毛茸茸、很可……」緊急將「愛」字吞回，一刻收回白針，仔細盯視著那抹詭異古怪的黑色影子。

那影子會說話，柯維安又說聞到鬼魂的氣味……

所以，是鬼嗎？

「好像不是阿飄那麼單純……」柯維安檢查完路雪雪的情況，確認對方並無大礙後，抬頭朝黑影看了過去，「神使的力量主要是針對妖怪，對鬼也可以，不過影響不會那麼大。」

「也就是說，可以打怪打鬼，不過對妖怪比較有效？」

「差不多就是這樣呢，小白。因爲神使被賦予的力量，本來就是專門對付妖怪的，尤其是瘴和瘴異。」

「混著妖氣。」黑令突地開口，頓時得到兩道吃驚的注視。

「狩妖士，對於妖氣的存在，有時候會比妖怪自己感覺到的還要強烈。」黑令低低地說。此刻的他，完全讓人聯想不到前一瞬的不留情手段。

「啊，道理就和瘴對神使的氣特別敏感一樣吧？」柯維安馬上想明白了，「不過小白，我們現在要怎麼辦？人找到了，卻多了一個……呃，影子。」

「先聯絡灰幻他們，你有他的手機吧？」一刻問道。

柯維安連忙點頭，他將筆電先扔進背包裡，待毛筆消失在手中，再摸找著放在身上的手機。可還沒按上螢幕任何一處，手機突然鈴聲大作。

柯維安一愣，看見上頭顯示的是未知號碼，更是一愣。

他的手機有存灰幻的手機號碼，如果是對方打來，照理說會跑出對方名字……而這個時間點……

「難不成是小芍音打來的？」柯維安心裡頭跑出另一個猜測，他趕緊按下接聽鍵，將手機靠上耳畔，「喂？是小芍音嗎？喂？」

話筒裡傳出的是細微的噪音，沙沙沙的，像是收訊不好，干擾了訊號接收。

柯維安又「喂」了幾聲，接著乾脆按下擴音，再試探地喊了一聲：「小芍音？還是說……灰幻？」

吵雜的雜音終於停止，小孩的童稚聲音飄出：

「……的……我們……」

柯維安眼中躍上驚疑，他下意識和一刻對望一眼，在後者的示意下，將手機往地面一擱，和它拉開了距離。

那是小孩子的聲音。

「嘻嘻。」

「呵。」

咯笑的聲音跑了出來，有男聲也有女聲，緊接著那些聲音唱起了歌。

「紅紅的眼睛盯著我們。」

「紅紅的顏料滴滴答答。」

「紅紅的顏料嘩啦嘩啦。」

「爸爸、媽媽、哥哥、姊姊、弟弟、妹妹。」

「我們想要，但是我們　沒有。」

「爸爸、媽媽、哥哥、姊姊、弟弟、妹妹。」

「我們想要，但是我們……」

「[redacted]！」

殘缺的影子驀地猶如野獸嘶吼，唱著誰也聽不出歌詞的最後一句。

下一瞬間，所有孩童聲音都在齊齊尖叫。

「是符的錯、是符的錯……都是符的錯啊！」

那匯集著多道聲音的尖叫刺耳尖銳，就像有人把刮撓著玻璃的音響一口氣放大了無數倍。

音波衝擊當場逼得一刻等人只能立即摀住耳朵，但聲音似乎要直刺到大腦裡。

接著，被柯維安擱置在地面的手機瞬間炸裂，四散多塊。

「不要啊！我的另一個小心肝！」柯維安慘叫，顧不得摀住耳朵，一股腦站起。然而還未等他飛奔上前，從手機裡消失的童聲，這次齊齊具體出現。

「有符的味道，但沒那麼可怕。」

「快點、快點，先找他。」

「否則他們要來了！」

明明該是稚嫩，但因爲在山間拔得尖高而顯得淒厲的童音，一聲高過一聲，幾乎就在所有聲音疊在一起的瞬間——

又是眾多黑影自高處呼嘯衝下，竟是直直鎖定底下的柯維安而去！

柯維安瞪大眼，收縮的瞳孔內不止倒映出數道黑影，還有疾追在黑影後方的……

「靠，不是吧……」柯維安喃喃地說。

下一秒，一股強悍力道撲過，搶在黑影圍逼上柯維安之前，將他整個人撲帶至另一方。

柯維安只覺一陣頭暈眼花，自己的腦袋在無防備間好像還磕到了地面或樹幹。但未等他的吃痛聲逸出，惱怒的吼聲已先在耳邊砸下。

「柯維安！你他媽的是傻了嗎？連躲都忘記怎麼躲了？」一刻鬆開挾帶娃娃臉男孩的雙手，鐵青著臉飆罵。

只不過一刻也只怒吼了這一句，因為那些像歪曲人形的黑影沿著地面，繼續朝他們衝過來了。

空中同時也有個怪異的龐然大物即將墜地。

無暇思考那究竟又是什麼生物，一刻想也不想，扯住還沒回神的柯維安，就往黑令那使勁一拋。

「接住你的零食金主！」一刻暴喝一聲，沒有多看柯維安飛出的方向——他肯定黑令會負責接住，男人的直覺在他身上向來很準確——抓緊乍現的白針，氣勢凶狠地就往那些來不及改變路徑的黑影招呼過去。

一刻不知道這些應該是鬼魂的玩意究竟是從哪裡冒出來的，但他敢說它們話裡提到的

「符」，絕對不是單純的「符咒」或「符紙」，而是……符家的「符」！

「想找那小子前，有沒有問過老子的意見啊！他可是還欠我三隻繃帶小熊沒給！」一刻獰笑，白針悍然橫掃。無名指上的橘紋如同感染到情緒波動，隨即閃耀、擴大，強橫地將領域擴大至整個手背。

黑影似乎感到畏懼，發出含糊的嗚噎叫聲。它們不敢硬抗，立刻想折返退至另一名被限制行動的殘缺黑影身邊。

然而同一時間，龐然大物已重重砸下，不偏不倚降臨在柯維安設置簡易光牢的正上方。沉重的重量將光牢壓得劈啪迸裂，那赫然是隻由無數嶙峋石塊堆砌而成的怪異野獸。似狼似虎，背生雙翅，拖著長長刺尾，一張猙獰的大口張開吼嘯，震耳的吼聲像要撼動山林，從深幽的喉頭處竟是一點白光湧冒。

下一剎那，白光漲大成光束。

熾白的光束自石獸嘴裡噴出，筆直貫穿了幾抹閃避不及的黑影。

黑影似乎發出不成調的悲鳴，在白光中，它們本就歪曲的身形變得更細、更長，然後就像超出極限，「啪」地全數炸開成細微分子。

也幸虧一刻躲閃得快，要不然在同一方向的他，也要一併被那不知是否會對人體造成影響的光束掃中。

大多黑影被白光消滅，可是還有一、兩道黑影逃脫攻擊範圍。其中一道，就是原先被柯維安困住的——它在光牢被破壞時，也趁隙逃了出來。

面對即將逃逸的黑影，石獸背上竄跳下一抹嬌小白影。

白髮紅眼的小女孩抽出刀鞘裡的斬馬刀，身子伏低，擺出了奇異的姿勢。那雙本就缺乏情緒波動的大眼睛，此時更像鮮紅的玻璃珠。

「非天，魔落。」符芍音另一手抓握的刀鞘化爲一張又一張的符紙飛散，轉眼間就形成一個大範圍的圓圈，將所有人或非人都包納在其中。

「斬！」符芍音遽然揮刀，斬馬刀一個水平橫斬，頓時全數符紙自燃成一盞盞火球，迅雷不及掩耳地盡數往黑影位置飛衝。

有一抹黑影跑得慢了，瞬間身陷火海。

另一抹黑影則是鑽得空隙，只被火焰擦過。它尖鳴著撕扯掉被擦過的手指，飛也似地想要逃離此處。

可是，有人斷了它的一線奢望。

銀紫色冷光就像支尖利箭矢，猝然直直釘住黑影的身體，將它釘穿一個洞。

黑令握著旋刃，令人想到狼瞳的淺灰眼眸，不帶感情地俯視在地面抽搐得捲起的黑影。眼看旋刃尖端又要再次落下……

「慢著、慢著！好歹留個活口讓我們問話！」柯維安猛地雙手抓住黑令手腕，阻止對方眞的將倖存的黑影給滅了。

只不過，就算黑令的旋刃沒有再補上第二記，黑影還是像承受不住般大幅度蜷起身子，縮得像顆小球。最末越縮越小，終於只剩下細碎的灰屑。

柯維安張著嘴，聲音哽住。

「我有慢。」黑令鬆開手指，銀紫色旋刃化爲光點飛逝，「它也不是活口。」

雖說處於腦袋呈現瞬間空白的情況，柯維安還是聽懂了黑令的意思。

灰髮青年的言下之意是──他停手了，但黑影還是消失了，而且那本來就不是「活著」的東西。

柯維安閉上嘴，喪氣地放開還抓著人的雙手。他心裡也明白，這不是黑令的錯。

黑令的旋刃要是沒刺下，就換古怪的鬼影跑了。

「啊啊，可惡！」柯維安有些自暴自棄地抓亂頭髮。

「你的頭髮都像鳥巢了，當心八金哪天帶了母烏鴉，乾脆就在你頭上築巢了，柯維安。」冷冷的少年聲音響起。

石獸背上跳下第二抹人影。

將灰髮綁成公主頭的灰幻，一手扶著石塊堆疊出的怪物，灰眸銳利一掃，注意到昏迷在旁的路雪雪。

灰幻眉頭皺起，「那個人類，是被那些影子攻擊才暈倒的嗎？」

「不是。」回答的是從地面站起的一刻。他拍拍剛爲了閃躲白光而沾到泥土的褲管，對於手掌的擦傷倒是不怎麼在意，「我們在路上聽見那女人的尖叫，發現她要被黑影攻擊。之後爲了避免麻煩，先將她弄暈過去。我們碰到的那抹黑影，柯維安覺得是鬼。」

「是鬼魂沒錯吧？我聞到味道了，其他忽然冒出來的大概也是……不對！」柯維安徹底回過神地大叫，「灰幻，其他影子是從哪裡來的？你們追在它們身後……還有，爲什麼那個石頭玩意能消滅得了它們？那玩意是你造出來的，對吧？那種審美觀……」

「你對我的審美觀有什麼意見嗎？」灰幻拉出陰沉的笑容。

那笑容落入柯維安眼裡，只覺滿滿殺氣襲來，他趕緊搖搖頭。

「哼，算你識相。」灰幻冷冷一瞪，擱在石獸身上的五指微用力，指尖滲冒淡光。

隨後，體積龐大的石獸就在眾人眼下「嘩啦嘩啦」地分解了。

大大小小的石塊在空中飛旋轉動，接著拆解成更微小的粒子，再一口氣奔湧進灰幻的指尖內，融入他的血肉之中。

而在那些石灰色粉末消失後，自空中冉冉飄下的是數張發縐、像稍一使力便會脆弱崩散的白色符紙。

灰幻是妖怪，不可能使用這些符紙……也就是說……

發現目光集中至自己身上，符芍音點點頭：「符，我。」

「符紙是那小鬼提供的，和我的石獸配合。」灰幻向來不喜歡在話題上彎彎繞繞，他直截了當地說，「我們到符家祠堂找，人沒找到，反倒是裡頭出現了那些奇怪的影子。基本的物理攻擊對它們沒效，如果它們不是妖怪，就可能是靈之類的玩意了。」

「除靈，奶奶教過一點。」符芍音說。

「這也是狩妖士的必備技能？」一刻納悶地問，眼神同時也往黑令方向瞥去。他沒忘記黑令剛的一個刺擊，就將最後的黑影當場消滅了。

「非。」

「不是。」

在場兩名狩妖士可說是異口同聲地回答了。

看著那兩張同是面無表情的臉，一刻忽然覺得，與其說自己因爲白頭髮的關係，和符芍音看起來像兄妹……眼下這一大一小如出一轍的表情，根本才更像吧？連眉毛揚起的弧度幾乎都分毫不差！

察覺自己走神了，一刻連忙定定心思。

與此同時，柯維安也嚴正地嚷了起來，「當然不是啊，小白！要是狩妖還除靈，狩妖士這行簡直要逼死其他行業了！顧名思義，它們眞的是專門狩獵妖……灰幻，別瞪我，我只是在介紹而已。」

接收到灰幻的視線，柯維安無辜地舉起雙手。

「我也只是剛好看過去。」灰幻不耐煩地道：「快把你要講的廢話講完。」

「好歹也別判定是廢話嘛，雖然我不是范相思……哇啊！眞的不廢話了！」眼見有兩塊鋒利的石頭驟然飛起，在自己面前威脅十足地停住，柯維安趕忙把手舉得更高，雙腳也戰戰兢兢地往後退一步。

一刻可不知道灰幻和范相思之間還有什麼牽扯，基於范相思曾帶給自己過於深刻的印象，他罕見地也生起了好奇心。

有八卦？一刻用眼神問。

回頭再告訴你。柯維安無聲地以嘴形說，隨即搶在被灰幻發現之前，迅速回歸正題。

「小芍音是和符邵音學過除靈術的關係。黑令的話，我猜是他自身武器的緣故。他的旋刃是由靈力匯聚而成，與一般狩妖士還要經過『化符』這道步驟不同，所以才可以直接對靈體造成傷害吧？而且黑令不也說了，我們抓到的第一個影子，還混了點妖氣進去……」

「妖氣……嗎？」灰幻沒有流露太多驚訝之色。目睹過方才那段圍擊過程，他心裡大約也有個底了。

這些被他們消滅的影子，只怕不是單純的靈。

「符邵音為何懂得除靈術，我並不知曉。只聽老大曾稱讚過，他重要的小女孩相當聰明，學什麼都快。」

灰幻頓了下，注意到一刻和柯維安這兩個有時藏不住心思的神使，正表情古怪地盯著自己，立即猜到他們在想些什麼。

灰幻冷哼：「看什麼看？我只是原話複述而已。符邵音的歲數在老大眼中看來，不是小女孩是什麼？你們倆在他眼裡，估計還是嬰兒呢！」

被稱為「嬰兒」的兩名神使，這次換露出哽到的表情，偏偏還真無法反駁。

畢竟六百多歲和十九、二十歲……這差距不啻是一道超巨大的鴻溝。

「如果只是單純聰明就罷，但她又特地將這術教給這小鬼，加上今日遇上的那些玩意。」灰幻越說，臉色越陰冷，眉頭更是緊緊擰起，「看樣子，符邵音確實清楚這地方有什麼。」

「壞人，不是！」符芍音倏地加大音量，這對總是老成得不像小孩的她而言，極其罕見。她出其不意地將未散形的斬馬刀擱上灰幻的肩頭，即使用刀背抵著，卻也讓人看得出這十足是個威脅。

灰幻眉毛挑高，不笑的臉龐上彷彿籠著風雨欲來的危險徵兆。

「慢著、慢著，小芍音，妳誤會了！我們沒說符……咳，我們不是說妳奶奶是壞人！」柯維安搶先跳了出來，他站在符芍音和灰幻之間，比了個暫停的手勢，「灰幻，對吧？」

——拜託你說對！否則我回公會就要告訴師父和范相思，你欺負人家小女孩的事了！

「……我從頭到尾說過符邵音是壞人嗎？無聊！」灰幻沉著臉，不悅地將肩上的刀撥開，「反正東西也滅了，人也找到了，剩下要做的事，就是再找符邵音問個清楚和說個清楚。」

「今天就要嗎？那是不是該擬定個夜襲計畫之類的？」

「當然不是，帝君怎麼會有你這種蠢蛋徒弟？那個叫符登陽的今天才放話，不樂見有人打擾符邵音，用不著這時候就蠢得自動送上門。更何況，聽說有人想闖進去，導致看守加倍了。」

「我。」符芍音很誠實地舉起一隻手，坦承就是因爲自己。接著，她鄭重地朝灰幻低下頭，「欺負妖怪，對不起。」

「噗！沒事、沒事，我只是忽然喉嚨癢，絕不是在偷笑……」柯維安飛快摀住嘴巴，在掌心後含糊地說道，順便掩飾自己控制不住的嘴角。

「最好我會相信！柯維安，把那個女的拉起來，扛回去！」

「咦——欸？灰幻，你這是在公報私仇吧？像我這樣柔弱、纖細、安靜的……」

「我資歷高還是你資歷高？我地位大還是你地位大？」

「……你。」柯維安苦著臉，欲哭無淚。

早知道就別笑了……他怎麼一時忘記灰幻個性差、小心眼又愛記恨？

想到漫長的山路，想到路雪雪的重量——那可是一個大活人，不是什麼小貓、小狗、小兔子——柯維安心情沉重，舉步維艱地往路雪雪走去。

只不過他剛要攙扶起路雪雪的一隻手臂，另一股力道快一步加入了。

「你那破體力，別跟著滾下山就好。」一刻直接拉起路雪雪的另一隻胳膊，讓她的重量大半都依靠在自己身上。

「小白……」柯維安瞬間覺得白髮男孩周身都像在發光似地，「我我我，我負責撐另一邊！」

「腳，我？」又有一道嗓音加入。

「小芍音？不不不，妳不用抬路雪雪的腳沒關係的！像妳這樣的小天使，不用做這種粗重工作，要做也是黑令來做！」

「不要。」

「靠，你也拒絕得太快……雖然我打一開始就沒指望過你。」

「說夠了沒？夠了就走吧，別忘記蘇染他們還在等我們回去。」

「沒問題的，組織！對了，小白，我哪時候又欠你三隻繃帶小熊？我剛很認眞地思考，可是眞的都沒這印象耶。」

「喔，我只是隨口說說，要是你神智不清當眞，就算我賺到了。」

「小白你……眞的學壞了啊……」

隨著人影越走越遠，那些說話聲也跟著越飄越遠。

而在這轉眼又變得空無一人的空地上，那些從黑影身上殘存下來的黑色屑末，驀地在泥土地中一動，像是被風吹起。

但是接下來，這些屑末的動作就不是單憑氣流所能達成。

它們撲騰起來，或是翻滾或是匍匐，間或挾著細細的叫聲，不一會兒便都聚在一起。

它們抖抖身子，原本不規則的形狀竟轉瞬成了人形，手腳的部分則有些歪歪曲曲。

嘻嘻。

呵呵。

不是本體，消滅不了的，本體早就跟了去啦。

先找一個、兩個報仇，再找全部的符報仇。

可是，爲什麼要報仇？

因爲是符的錯啊！都是符……是符……

黑影突然間安靜下來，它們沒注意到自己的語氣帶著迷茫，彷彿連它們自己也無從知曉行動的眞正原因。

可是很快地，稚嫩的嗓音又尖聲地喊起。

是符的錯！

沒錯沒錯，是符[redacted]了我們！

所以先找一個、兩個報仇，再找全部的符報仇！

小小的黑色人影嘻嘻哈哈，揮舞著歪曲的手腳，像跳著怪誕的舞蹈，然後一個個貼沒入泥土地裡，像黑色的魚，朝著山道另一端盡頭而去。

朝著符家別館而去。

第十章

一刻他們回到符家別館時，梁子奕也正好從符芍音施加的術清醒過來，正在大吵大鬧，煩得伍書響和陸梧桐都準備要一拳再將他揍昏，省得擾人安寧。

不過由一刻他們帶回的路雪雪，立即解決了這問題。

一見到自己的女友平安歸來，梁子奕頓時安分下來，只是強硬地堅持自己的女朋友要自己照顧，用不著他人插手，便將猶昏迷的路雪雪帶回房裡，房門還像故意般重重甩上。

對於這簡直和幼童耍脾氣沒兩樣的幼稚行爲，灰幻一點也不放在眼裡。他只是簡略地將事情經過總結爲幾句話交代，表示剩下的就等路雪雪清醒後再談。

然而，一直等到用完晚餐，時鐘上的短針都朝十邁進了，路雪雪仍昏睡著，遲遲未見醒來的跡象。

「黑令，你該不是下手太重了吧？」柯維安不禁低聲問著當時負責動手的人。

「我沒有，撞頭。」黑令慢吞吞地說，反倒理直氣壯得很。

見狀，灰幻也清楚單憑他們這些人討論，一樣得不出什麼結論。況且今日都折騰一下午了，不如先把人趕去休息，養精蓄銳，之後還得爲見上符邵音一面擬定計畫。

除了一刻等人，伍書響和陸梧桐也同樣住在別館。

符芍音則是在晚餐前，就被符登陽派人強制帶回本館，不准她再給客人們添亂。

於是雖然住的是一票年輕人，不過別館早早就沒了聲音。

才十點多，大部分燈光已然暗下。

楊百罌本來就是作息規律的人，一回到房裡，更是很快便上床睡下了。

只不過，或許是身邊沒了那名綠髮小女孩的陪伴，她這一覺睡得並不是很安穩。

楊百罌突然間從夢裡醒過來。

褐髮女孩睜大眼，不自覺地盯視隱沒在黑暗裡的天花板。直到視線適應了黑暗，能夠看清房內家具的輪廓，她吐出一口氣，掀開棉被坐起。

楊百罌耙梳一頭長長的頭髮，讓鬈曲的髮絲稍微平順些。

放下手指，楊百罌回頭望了床鋪一眼。上回住宿時並不覺得有哪裡不對勁，可是現在忽然感覺……床似乎太大了點。

「也許，眞該帶珊琳一起來的，還能認識新朋友……」楊百罌忍不住低聲喃喃。可一想到自家爺爺，她眼中的猶豫立即又變成堅定，「不行讓爺爺亂來，一定要有人看著他才行。而且，可以下次帶珊琳過來……」

思及那名綠髮小女孩見到符芍音可能會有的好奇和驚喜模樣，楊百罌唇角泛起了溫情。

知道自己一時半刻沒辦法那麼快再睡下，楊百罌套上室內拖鞋，打算泡杯沒咖啡因的熱茶讓自己暖暖胃。

縱使是夏夜，但在這棟運轉著中央空調的別館內，室內溫度仍有點偏涼。

楊百罌本要直接走出房外，但忽地收回探向門把的手指，改開了燈，大步走至梳妝台前。

確認過鏡子裡的女孩不是披頭散髮的模樣，楊百罌鬆口氣，卻還是忍不住再將髮絲梳得更服貼，順便在上頭別上了一支小巧的髮夾。

「這只是……避免儀容不整被人看見，有損楊家面子。」似乎意識到自己的行爲太過多此一舉，楊百罌像是要說服自己，含含糊糊地對著鏡裡的倒影說。

這名美麗的女孩假裝不記得上次在符家別館過夜時，自己是隨意散著長髮就出了房門。

將房裡的燈關上，楊百罌離開房間，迎來的是走廊上的感應式壁燈亮起。

溫暖的燈光驅散黑暗，卻同時也讓楊百罌驚見前方轉角處，竟是滑過了一截黑色影子。

楊百罌眼力很好，一眼就辨認出那影子還是人形的。

是誰？

她美眸一凜，不假思索地就往前追了過去，同時手指間攢著符紙。

四樓只有她、柯維安、小白和黑令住在這，然而那驚鴻一瞥的影子，卻像是小孩子的。

回想起一刻他們提過的山中遭遇，楊百罌眼神愈發凌厲。也許事情不若他們想的告一段落……還是有倖存的傢伙溜進來了！

「汝等是我兵武，汝等聽從我令，裂光之鞭。」楊百罌輕聲飛快地喃唸咒語，手上符紙瞬生變化，白光驟閃。

下一剎那，抓握於楊百罌手中的熾白長鞭在她越過轉角之際，頓時快若流星地揮了出去。

但即便是楊百罌，也沒想到自己長鞭所鎖定的對象，不是什麼詭異莫測的存在，而是一名貨眞價實的人類小女孩。

紮綁成側邊長馬尾的白髮，因爲警覺而回轉的鮮紅眼眸……

居然是符芍音！

「什……」楊百罌掩不住吃驚地低呼一聲。

同樣吃驚的還有符芍音。她睜大紅眸，手指反射性也從洋裝口袋抽出符紙，只是還來不及催動咒語，散著白光的長鞭已搶先一步捆住她嬌小的身子。

對人類來說，這個招式並不會帶來實質的傷害。因此符芍音一發現自己反擊不了，也不多加反抗，乖乖地站在原地，最多像是扼腕般從嘴裡吐出兩個字。

「大意。」

平平淡淡的童音，反倒讓楊百罌回過了神。她立刻收回長鞭，快步走向符芍音，眉宇間混著震驚和一絲嚴厲。

「妳……妳為什麼會在這裡？」怕驚擾到他人，楊百罌壓低音量，艷麗的臉蛋上彷彿還罩著霜雪，「妳不知道這有多危險嗎？萬一我用的是其他符術……」

「對不起。」符芍音再開口的第一句話就是道歉。她彎下腰，大大的眼睛從下方角度覷視著楊百罌，白色睫毛偶爾顫動幾下，就像小動物在偷偷觀察主人的反應。

楊百罌嚴厲的表情登時繃不住了，心底一角更是隨之柔軟得一塌糊塗。

先不說她原本就是擔心大過惱怒，面前的符芍音還不時令她想念起在楊家的珊琳……更不用說那頭白髮，實在像極了自己在意的那個人……

楊百罌蹲下身子，帶點笨拙地將符芍音的小臉扳起。

「妳是符家的下任家主，就更不應該做出讓人擔心的事。」楊百罌嚴肅，卻不含任何苛責意味地說。

要是在半年前，她都沒想過自己原來也能這樣溫和地和小孩子說話。

隨後，楊百罌像要掩飾緊張，語速加快地再說道：「妳……妳沒受到什麼傷吧？」

「沒有。厲害。」符芍音真誠地說。

不知怎地，這沒頭沒尾的話，楊百罌這次卻是聽懂了。

符芍音是在說自己沒受傷，並稱讚她的符術厲害。

「沒、沒什麼厲害的。」楊百罌立即站起，臉蛋下意識繃住，彷彿這樣就能藏起她一切的表情變化。「爲什麼妳會在這裡？」

符芍音沒有回答，只是伸手往口袋裡掏掏摸摸，接著手裡拎出一串鑰匙，另一手扠在腰間，下巴微微抬高。

明明就是面無表情，但看起來卻有幾分得意。

楊百罌看著矮個頭的小女孩，心裡破天荒地閃過好氣又好笑的情緒。

「我知道妳有鑰匙了，那妳爲什麼會在這麼晚的時間跑來別館？這時間還不睡覺，身爲未來的家主，怎麼可以不懂得自我管理？」不過楊百罌還是繃著嘴角，不讓一絲弧度跑出來，破壞了她嚴肅的氣勢。

「習慣，有我房間。」符芍音眼巴巴地瞅著人，像期望自己的句子能被理解。但楊百罌眼中那一瞬茫然，讓她明白太過簡短的字彙，果然還是無法充分表達。

符芍音也不氣餒，她換從身上摸出紙筆，獻寶地舉高，再「唰、唰」地快速寫字。要不了半晌，那張寫上歪斜文字的紙，就被展示在楊百罌眼前。

楊百罌一看，這才意會過來。

符芍音習慣跑來別館睡，還特別找了家裡人幫忙，布置幾間專用房，照心情輪流住。

這裡是符家別館，人家又是符家下任家主，無論從哪方面看，楊百罌也找不出反對符芍音留下的理由。

更何況都這麼晚了，哪能再讓小女孩獨自在外遊蕩？

「妳要去哪個房間？我帶妳去吧。」楊百罌硬邦邦地說。

說是「帶」，其實也只是跟在符芍音身旁，以防她弄出什麼響動。

然而隨著那抹嬌小身子的行進，楊百罌越覺得這方向相當熟悉。

等到符芍音在一扇房門前站定，楊百罌心中的懷疑也變成了錯愕。

這名褐髮女孩吃驚地張圓眼，因爲符芍音伸手指著的，分明就是……

「小白的房間!?別開玩笑了，那、那當然不行！」楊百罌腦海瞬間空白，身子則已反射性先行動。她一個箭步上前，擋住符芍音想探上門把的手，嬌艷的臉蛋掠過不明顯的緊張，「這不合禮節，女孩子怎麼可以半夜到男生的房……」

楊百罌的聲音驀地像哽在喉嚨，一時發不出來。

剛站的角度偏，所以沒有發覺，現在她才注意到，一刻房間的門板上居然被貼著幾張紙。

怎麼回事？爲什麼會有這些……紙？

楊百罌輕握著符芍音的手，淺褐美眸訝然地眨了眨。待她看清上頭的筆跡時，訝異的情緒更甚。

第一張是自己暗中已記下的強硬筆跡。

不准夜襲，誰闖進來就宰了誰。蘇染、蘇冉，就是在說你們！

那是一刻的。

另外兩張又是……懷抱著難以言喻的忐忑心情，楊百罌快速地往下一看。

蘇冉，不可以違規。

蘇染，也是。

從紙上留下的名字來看，這無疑是那對雙胞胎姊弟間的對話。

換句話說，他們倆都來過小白的房間外了？楊百罌微咬下唇，一股衝動促使她將耳朵輕輕地貼上門板。

門的另一端很安靜，聽不見什麼聲音。

可能是房內人睡相良好、不打呼，也可能是房間隔音好。

下一秒，楊百罌驚覺有一雙大眼睛正凝望著自己——符芍音將自己的舉動都望進眼裡了。

楊百罌慌張地彈直身子，臉上尷尬、無措交織。她極力想把這些情緒抹平，但在這之前，符芍音先開口了。

「有人，睡覺？」符芍音比比房門，再雙手闔起，在耳邊擺出個熟睡的手勢。

「對……對。」意識到符芍音將自己的行爲誤認爲在確認房內人是否睡著後，楊百罌鬆了一口氣。她立即和一刻的房間保持一小段距離，免得自己再做什麼頭腦發熱的舉止。

「那不吵。」符芍音豎起手指頭，「換房。」

「還有哪幾間是妳平常會睡的？」

「星星房、公主床一號房、公主床二號房……不行？」

發現楊百罌的眉毛困擾地微蹙起來，符芍音停下扳著手指數的動作，紅眼眨巴地望。

楊百罌搗著額角，如果她沒記錯……黑令和柯維安的房間，恐怕就是所謂的公主床一號房和二號房了。

「我朋友也睡在那。或者，妳和我一起睡？」楊百罌斟酌問道：「只要妳不打呼的話。」

「不打。」符芍音看起來對提議並不抗拒，馬上豎起兩根指頭置於額際，「睡相完美。」

「那就沒問題了，我們走吧。」楊百罌嘴上說要離開，可是目光仍忍不住多停留在門板的便條紙上。她無意識地掏掏口袋，末了又失望地輕嘆一口氣。

她本來出門就是爲了去泡茶，怎麼可能還帶著紙筆在身上？

一旁的符芍音似乎看穿了楊百罌的心思，立刻又像獻寶般高舉起手裡的筆和便條紙。

「給，不謝。」符芍音正經八百地說。

楊百罌一愣，但很快便下定決心，將自己想說的話也貼在門板上。

柯維安也不准。

看著那張新貼上的便條紙，楊百罌登時有種事情做完的滿足感。她對符芍音點點頭，示意對方跟著自己一起走。

才剛邁出一步，走廊上的窗子外倏地閃現過銀白的光。

楊百罌下意識走至窗前一看，這才發現屋外不知不覺下起了小雨。天邊的雲層堆得黑壓壓一片，不時可見銀光像蛇龍在裡頭鑽動、閃爍。

看樣子，待會就要下大雨了。

這念頭剛從楊百罌腦海閃過，沉重的雷聲冷不防炸開。威力之大，連聲音都穿透了玻璃，像要重重砸進人心。

小雨轉瞬成了傾盆大雨。

「我們趕緊回房。」楊百罌主動拉住符芍音的手，快步往自己房間走。

然後，猛地再停步。

楊百罌緊繃著身子，一動也不動，臉上更是全然沒了表情，反倒透出一股凜冽。

在她們背後，走廊底端矗立著落地窗。

此刻，隨著窗外響雷陣陣，熾白的電光也一乍一乍地閃，將整條走道映照得更是大亮。

可是，地毯上除了楊百罌和符芍音的影子，還有一條巨大的影子自後延展出，詭異地插擠在她們之中。

可是，這裡應該就只有她們兩個人。

符芍音也注意到了，她抬起頭，張口欲言，卻讓楊百罌飛快摀住。

「別說話。」楊百罌用口形表示。

符芍音小幅度點頭。

當下一記雷聲又沉沉落下，走道上的燈光霍地一口氣暗下。

跳電？

楊百罌才這麼一想，同時身子也迅速轉過，改正面迎視落地窗方向。

正前方什麼也沒有。

楊百罌不認爲自己眼花，她將符芍音護在身後，發覺別館外牆設置的照明還亮著，這表示不是別館跳電。

顯然有「什麼」在搞鬼。

楊百罌抽出一張符紙，準備往落地窗的方向邁出步伐。

與此同時，稍稍停歇的電光又驟然疾閃。

第一次閃電，落地窗前平空站立一抹黑影。

第二次閃電，黑影與楊百罌她們之間距離縮減。

第三次閃電，黑影體積拔高、漲大，塞滿了整條走廊。

而這，不過是轉瞬間發生的事！

下一剎那，黑影裂出一張幽暗大口，含糊沉重的咆哮像雷聲隆隆砸下。

「符、符、符。」

「先找一個、兩個報仇。」

「不想被報仇，就找到鬼。」

「鬼啊……鬼在哪裡——」

「汝等是我兵武，汝等聽從我令，明火！」駭人的吼聲中，楊百罌眼明手快地擲出符紙。

符紙轉化成火球，呼嘯著全擊向正傾身向前的龐大黑影。

然而那黑影中竟又裂開大洞，使得火球從中穿過，撞擊上後方的落地窗。

「鬼啊……找到鬼在哪裡——」黑影的體積龐大，速度卻快得嚇人。眨眼間，那巨大、無眼鼻的臉就已用古怪的角度探下，貼近楊百罌。

楊百罌心下一駭，抓著符芍音的手，立刻急急往後退。

「汝等是我兵武，汝等聽從我令！」

「兵武！」

高亢和青稚的喊聲疊在一塊，但腳下無預警失去了支撐，讓兩名狩妖士硬生生中斷咒語。

楊百罌和符芍音瞪大眼，鋪著柔軟地毯的走道地板就像流沙，飛速往下凹陷、崩塌。

她們喪失了立足之地，她們在往下掉！

「楊百罌！」電光石火間，一隻手臂猛地自旁探出，大力拽扯住楊百罌的一隻手。

楊百罌緊緊抓著符芍音，吃力地仰起臉，大睜的美眸裡倒映入熟悉的影子。

白髮男孩凶狠的眉眼此時全被焦急佔滿，他的一手使勁抓住楊百罌的胳膊，另一手則是死扣著門板作爲支撐。

「小白……」

「操！這到底是怎麼回事？」一口氣要負擔兩人的重量，一刻的手臂頓時青筋迸現，肌肉線條賁起。

一刻是突然聽見聲音才醒過來的，但他作夢也沒想到，一開門見到的竟會是這幅匪夷所思的景象。

更令人匪夷所思的是，不論是住同一層的黑令、柯維安，或是三樓的灰幻他們，都像是毫無所覺地未曾出現。

「楊百罌，抓好符芍音！」一刻咬牙，左手無名指上乍現一圈橘紋。

在神使力量的運作下，一刻緊拽楊百罌的手臂，卯足勁地猛力往上一提。

眼看一刻就要拉上兩人，但是他作爲支撐的門板卻突然像融化般一軟。

「什——」一刻震驚回頭，然而抓在他手中的只剩一灘像是爛泥的物質。

在毫無施力點的情況下，一刻身子頓時被地心引力重重扯下，跌入了看不見底的深淵。

「小白！」

一刻聽見了楊百罌驚惶的尖叫。

依稀中，他覺得自己似乎也聽見了柯維安的大叫……

柯維安眞的在大叫，而且叫得相當淒慘。

「啊啊啊啊啊！」

本來好端端沉浸在夢鄉，卻突然有個重物砸壓在腿上，他相信任誰都會像他一樣，不是痛得叫不出聲，就是慘叫出聲。

柯維安煞白著臉，都懷疑起自己雙腳被這一壓，是不是要骨折了？

他彈坐起來後拚命揮舞雙手，想要抓過床頭的筆電，好在看清重物的眞面目時，順便用筆電揮砸開那東西。

——如果不是逼不得已，柯維安絕對不會拿他嘴上常喊的「小心肝」當作防身武器。

不過，還沒等到柯維安抓到筆電，他就先感覺腿上的重量消失，勉強適應黑暗的雙眼似乎捕捉到一抹人影。

等等，人!?

柯維安爲這念頭驚悚地瞪圓眼。

接著，房裡燈光乍然亮起，讓一切無所遁形。

柯維安這下看清了開燈的是誰，他保持著詭異的姿勢，一手還伸探向床頭。他目瞪口呆，嘴巴甚至都張成O字型了。

開燈的人，或者說壓得他腳差點要斷的人……居然是黑令！

「為……為什麼你會突然從上面砸下來啊？你明明和我住同層，就算地板塌了也該往三樓砸……不對，你到底怎麼會出現在我房裡？」柯維安想跳下床，氣急敗壞地指著不速之客繼續大罵，但一扯到雙腿肌肉，他頓時疼得齜牙咧嘴，一張娃娃臉全扭曲了。

柯維安總算明白怎麼會那麼痛了，憑黑令的塊頭和體重，他的腳沒骨折還眞是萬幸……不，應該說幸好黑令落下的位置是腳，不是胸，否則他恐怕要小命不保了。

柯維安心有餘悸地拍拍心口，眼刀子卻也沒忘記一併送給黑令。

灰髮青年看起來也有一絲被驚醒的茫然，頭髮更是亂翹得很有性格。沒有了連帽外套遮擋，眼前的他倒有一分孩子氣。

黑令直直盯著柯維安，接著抬頭盯著完好的天花板，以及四柱床的床帳，再回望向他。

似乎經過了一番深思熟慮，黑令緩緩地開口：「不知道。」

只是那答案，瞬間讓柯維安覺得自己也浮起想學一刻罵聲「我操」的衝動。

「不知道就不知道，幹嘛搞得你像在思考人生大事……」柯維安使力抓過筆電，腿上的疼痛緩過，他立即迅速滑下床。

震驚過後，他腦袋馬上飛快運轉起來。

他不笨，不會遲鈍到看不出這屋子出現了「異變」。

「睡覺被吵醒，是大事。」黑令眼瞳微瞇，看起來就像準備狩獵的狼。

「我的腳差點被你坐廢了，才是大事吧……」柯維安嘴上嘀咕，心裡卻有種不對勁的感覺在爬竄。

是哪裡不對勁？除了黑令無端出現在自己房裡……是聲音！

柯維安頓地一震。他都弄出那麼大的動靜了，方才的慘叫也絕對達到噪音的標準，既然如此……爲什麼沒有人衝過來敲自己的門？

「小白！班代！」柯維安跳了起來，抓著筆電，三步併作兩步地就想往房外衝。

一刻和楊百罌沒有來找上門，最有可能就是他們倆也出事了。

但是房內突來的巨響，猛地阻止了柯維安的步伐。

不是雨聲，也不是轟然大作的雷聲。

柯維安屏著氣，心驚膽跳地看著傳出聲響的紅木衣櫃。

衣櫃很大，就算容納一、兩個人都沒問題。但對柯維安來說大太了，因此他的隨身衣物都塞在包包裡沒拿出來。他除了進房時打開過一次，就再也沒動過。

可是現在，衣櫃裡就像關著什麼東西，將櫃門撞得乒乓作響。

不知道什麼緣故，衣櫃門像是被黏住了，即使遭到多次撞擊，也沒有立刻敞開。

「眞是見鬼了，我很確定房裡沒養什麼寵物……」柯維安嘶嘶口水，手指不敢大意地往筆電螢幕一探，指尖沒入如水波漣漪的螢幕底下，雙眼滿是警戒地盯著衣櫃不放。

撞擊、拍打；一下、兩下、三下……

砰！

櫃門驟然自內被撞了開來，從裡頭跌滾出兩抹人影。

與此同時，柯維安的毛筆也疾速抽出。但他的速度比起黑令還是慢了一點，就在他抽出毛筆的剎那，銀紫光點已然成形。

鋒利巨大的旋刃以肉眼來不及捕捉的速度，「唰」地橫抵在那兩條人影的脖子前。

人影瞠大了眼，驚恐地一動也不敢動。

看清楚人影面貌的柯維安，也瞪大一雙本來就大的眼睛。

「小伍、小陸!?」

從衣櫃裡滾出來的不是什麼駭人怪物，竟是伍書響和陸梧桐！

自己的房間接連出現不該出現的人，饒是柯維安也要覺得自己的思考能力快不夠用。

難道他的房間或衣櫃是什麼異次元通道嗎？那怎麼不把小芍音或小白送過來？淨是送些過期的……啊，呸呸！回過神啊，蠢蛋！

柯維安夾著筆電，一掌用力拍上臉，從混亂中抓出一絲理智。

跌坐在地板上的伍書響和陸梧桐，則像是看傻了似地盯著柯維安突來的舉動；但更有可能是因爲那把還橫抵在他們脖子前的銀紫兵器，才會露出這般呆若木雞的表情。

柯維安趕緊手一揮，「黑令，把你的武器挪開一點，起碼和別人的腦袋保持安全距離！」散發絢麗光芒的旋刃很快撤回。

總算免了腦袋不小心掉落的危機，伍書響和陸梧桐白著臉，雙雙露骨地吐出一口大氣，緊繃的肩膀也驟然垮下，頓時就像要癱軟在地板上。

可是兩人瞬間又瞪著眼，驚慌失措地跳了起來。

年輕的狩妖士們像是終於意識到面前的人是誰，還有自己究竟身在何處。

「黑、黑令的房間？」

「還是娃娃臉的房間啊？」

「等一下！爲什麼我們會跑來這個地方？」

「啊啊，這太奇怪了！」

伍書響、陸梧桐驚恐地望著彼此，再齊齊驚恐地望向柯維安和黑令。

「究竟爲什麼我們會在這裡啊！」

「我才想問你們一個、兩個、三個都往我房裡摔，摔的是什麼意思啊……」柯維安乾巴巴地說，大眼和房裡的三名「不速之客」對視。

柯維安不期望能從黑令身上得到回答，更何況對方剛剛已經給出了「不知道」三字。思及陸梧桐的個性直衝，有時講話講不到重點，他當機立斷地鎖定伍書響。

「小伍，你們那是出了什麼事？怎麼會從我房間的衣櫃出來？」

「喂！你當我死人嗎？幹嘛跳過……」

「小陸，你閉嘴！」伍書響受不了同伴添亂，一腳狠狠踩上對方。

趁陸梧桐扭曲著臉，跳腳喊痛，伍書響立即將他們這邊的事說了一遍。

他們本來也在房裡睡著，結果忽然覺得空間變得又小又悶熱，簡直像被關在一間小黑屋似地。被嚇住的他們沒法多想，下意識就往有一絲光線滲進來、隱約有個門形輪廓的地方撞。撞啊撞的，就從裡頭滾了出來……誰曉得第一眼見到的，會是差點要了他們腦袋的銀紫旋刃！

從伍書響不算短的敘述中，柯維安精準地挑出重點。

——伍書響和陸梧桐也搞不清楚發生了什麼事。

「……總之，我們也不知道出了什麼情況，先找到其他人要緊。」柯維安語速飛快地說。

對於要聽從神使的指示——特別是看起來還是個國中生——伍書響和陸梧桐心中多少有點不服，可是他們也不是眞蠢到不會判斷眼前情況。

兩人點點頭，為了預防萬一，紛紛利用符紙召出武器，將長戟和大斧各自握於手上。

柯維安毫不猶豫地就要帶隊出發。為了行動方便，他還特地抓過背包，抖出裡面的東西，將筆電扔進去。只是就在這當下，卻讓他眼尖地注意到一件事。

影子。

紅木衣櫃的影子正斜斜地自壁面上升起，就像有人抓著燈，從不同角度不停照射。

但房裡的燈就只有天花板上那一盞，更不用說衣櫃旁什麼人也沒有。

然而影子還在動，像黑色的潮水越擴越大。

「不是要走嗎？喂，娃娃臉的！」見柯維安忽地頓住動作，陸梧桐推了他一把，「你到底是在看……」

隨著目光下意識移轉，陸梧桐聲音也卡住了。他瞪著衣櫃的表情，就好像是活見鬼。

事實上，跟見鬼也差不多。

「靠……靠……」伍書響也瞧見了。他想要罵聲髒話壯壯膽子，但從嘴裡跑出的聲音卻結結巴巴，像是一口氣都要岔了。

黑影有如巨人般佔據整面牆，甚至歪斜至天花板上，彷彿一個龐大的黑色人形，低頭俯視房內眾人。

房裡的空間頓時像被壓縮不少。

接著，有三個更深暗的孔洞出現在人形的臉部位置。它們迅速擴大，像是兩隻眼睛和一張嘴巴。

柯維安不禁想起土偶的表情，看起來竟有幾分相似。

只是這表情出現在巨大人形黑影上，只會讓人感到毛骨悚然。

黑影下一瞬間咆哮了。

鬼在哪裡？找到鬼——

鬼在哪裡——不然就復仇！

如同轟隆雷聲的咆哮中，黑影繼續以驚人的速度擴大，巨臉也飛快地貼近底下幾人。

柯維安不假思索地做出決定。

「跑！」他扯著嗓子大叫，「趕緊都給我跑出去！」

伍書響和陸梧桐似乎也被這超現實的恐怖畫面震懾住了，一聽見柯維安的叫喊，隨即反射性就往房外奔。

偏偏有人反其道而行。

「黑令！」柯維安一把拽住提著旋刃、反倒想上前的灰髮青年，「別蠢了！在這種地方打，你是想砍它還是想砍自己！」

察覺到自己抓住的手臂放鬆了肌肉，柯維安瞬間展現爆發力，扯著人衝出房間，不忘將房門用力一腳勾上。

門板重重關起，黑影沒有從門縫底下追出來。

可是眼前的情況，並沒有更樂觀。

「不會吧……」柯維安不自覺地拉起滑脫的背包肩帶，握著毛筆的另一隻手，掌心微微生汗。

他們四人現在站立之處，與記憶中的別館已截然不同。依稀看得出還是走道的輪廓，只不過上下左右都像泥土塑出來的，也看不見其他房門。

該不會……柯維安內心一驚，急忙扭頭。

他們方才跑出的房門，居然也消失了。

「這也未免太靠杯了……」柯維安呻吟一聲，「空間錯亂是想玩死誰？」

「你？」黑令拋出了一個字。比起面如土色的伍書響、陸梧桐，他平靜，或者說無動於衷得簡直不可思議。

「靠，少咒我！」柯維安不客氣地比出一記中指。

但不得不說，黑令這種另類狀況外的態度，反而能讓柯維安在詭異的混亂中保持清醒。

柯維安摸摸褲子口袋，情急之下，他忘記帶出備用手機。不過他猜突來的異變下，一刻他們首要記得的也不會是帶手機。

「找看看有沒有能通往別處的出入口。」柯維安抓著毛筆，大步往前跑。

走道轉角後還是一條走道，放眼望去盡是一片渾濁色澤，所有房間都消失，原有的空間分布不復存在。

他們在沒有任何記號可以辨認的走道裡跑來跑去，找不到盡頭，就像身陷泥土迷宮。

柯維安慶幸自己的毛筆和黑令的旋刃都有自體發光功能，不至於陷入瞎子摸象的窘境。

就在前方又出現一條左右分岔的走道時，柯維安憑直覺選了右邊。然而他的身子才探出一些，便猝然被人揪住衣領，大力往後拽拉。

柯維安的驚喊還來不及出口，就先被瞬間從眼前迅烈鑽竄至另一端的石灰大蛇給驚得連聲音都吞了回去。

假使不是一旁的黑令及時扯回自己，恐怕他不是被那蛇一口咬掉，就是一頭撞飛出去……

不管哪個，都不會是柯維安想要的下場。

「那是什麼鬼？」

「石頭？蛇？」

後方的伍書響、陸梧桐也望見了這驚險的一幕，他們目瞪口呆地嚷，但又覺得那條由大小石塊堆聚在一起的蛇，好像似曾相識。

他們似乎曾在哪裡見過，用石頭建造出來的類似東西……

「啊！救了小小姐的那隻手！」伍書響、陸梧桐異口同聲大叫著。

柯維安站穩身子，摸摸被那一拽勒得發痛的頸後，看著險些將他當成獵物的石灰大蛇碎成粉末。

伍書響和陸梧桐都猜出來了，他又怎麼可能認不出來？

「灰幻！你根本是想要謀殺我吧？好歹也看清來人是誰再放蛇攻擊啊！」柯維安咬牙切齒地放聲喊著，「萬一眞弄死我怎麼辦？」

回應柯維安的，是特意放大的腳步聲，從遠而近，明顯要讓柯維安等人知道自己的存在。

柯維安也聽見腳步聲了，可是他愣了一下。

一、二、三，腳步聲有三道。

除了已確認身分的灰幻，另外兩人是誰？

柯維安急急奔出轉角，撞入眼中的赫然是兩男一女。

最前頭的正是公會的特援部部長，灰幻；和他相距一步距離的，是外貌有七、八分相像的男孩與女孩，他們的眼珠淡藍，頰邊烙著鮮紅神紋，像是安靜又熾烈的火焰。

兩人手裡提握著如出一轍的長刀，刀身上是如流雲的紅紋纏繞，赤色的刀色花紋在走道內亦閃著光。

「小白的青梅竹馬？這麼說，小白沒和你們在一起？」柯維安錯愕地問道。

蘇染、蘇冉有志一同地點點頭。從他們眼中瞬閃的失望來看，他們似乎也以為不見蹤影的青梅竹馬會和柯維安在一塊。

「這……這樣算來，失蹤的就只剩下前輩和那個白毛的……」伍書響也往前靠，人多總是讓人更加心安。

「不對啦，小伍！」陸梧桐一把抓住伍書響的肩頭，「還有那兩個人，那兩個闖入祠堂的白目情侶！」

「啊！梁子奕和路雪雪！」柯維安聞言倒抽一口氣，他剛剛真的忘記這兩人了。

「那兩個人類現在不在這就不在這，你再喊個十次他們也不會蹦出來。」灰幻一抬手，地面上的石屑粉末像注入生命力般飛起，徘徊在他的手臂上，再飛竄進他的髮絲末端。

這時，柯維安這方的人才察覺到，灰幻紮綁在身後的頭髮竟是在那些屑末飛入後，才回復原本的長度。

柯維安認識灰幻多年，自然清楚對方在周遭沒有操縱素材的情況下，就會改利用自身的一部分。所以他只是了然地摸摸下巴，最多只扔出一個問題。

「灰幻，你不用這些現成的土？」

「用個屁！哪來的東西都不知道，有種你自己用用看？沒帶腦子嗎？」灰幻不耐煩的句子頓時甩了回去。

暴躁易怒的態度，讓在旁看得驚異連連的伍書響、陸梧桐馬上吞下疑問，不敢貿然提問。

「我和蘇冉是在半路碰上灰幻的。」蘇染清冷悅耳的聲音像流水泠泠響起，順勢將話題帶回正軌，「我們在房裡聽見外頭有怪異的聲音。」

「在咆哮，在說『鬼在哪裡，不想被復仇，就找到鬼』。」安靜站著的蘇冉接話。

「我們跑出房間，但房外卻變成眼前這樣。」蘇染又說，「彼此的房間都消失，灰幻的情形也和我們一樣。一路上都未遇見他人，也找不到離開的出入口，直到遇上你們。」

蘇染這番話條理分明，簡單就讓柯維安掌握住目前的狀況。

「我們也是類似，除了黑令、小伍、小陸掉到我房裡來，我差點被砸死……」柯維安說著，似乎又感到雙腳隱隱作疼，他的眉毛糾結在一塊，「在我的房裡，喊著要找到鬼的是團巨大影子。那些聲音說的報仇，讓我想到一件事……」

「山裡的鬼影子。」灰幻面無表情地說，「那些玩意不停喊著是符的錯，一副就是想找符報仇的樣子。我以為全滅了，看樣子，還有漏網之魚？」

「又或者是說……」柯維安臉色晦暗，「我們並沒有如我們想像中將它們消滅。」

「等一下！你們在說什麼莫名其妙的鬼話？」陸梧桐忿忿不平地大叫，「為什麼搞得是有東西要向我們符家尋仇？少牽拖到我們符家身上了！」

「那麼你就去找符邵音問個清楚！」灰幻躁怒地一喝。

伍書響和陸梧桐立刻噤聲了。

他們無法否認，他們壓根就不曉得祠堂裡拜的是什麼，被外地人闖入，還破壞了裡頭的石堆塔，又會跑出什麼……

「但如果它們不是那麼好消滅，故意引我們找上的理由又是什麼？」柯維安皺著眉苦思。

「尚無從判定。」蘇染輕推下眼鏡，「我們被打散，又被會合。對方似乎沒有實際攻擊的意思，我覺得，它們想要在最後，讓我們所有人會合在一起。然後……」

蘇染的聲音驀然放輕。

「找出鬼躲在哪裡。」

柯維安眨眨眼，感到這句話裡頭彷若含著更深一層的意思。可是不待他細思，灰幻的高喝已朝他砸過來。

「柯維安！這裡的結界你圍了沒有？」

「咦？啊，還沒！」

柯維安猛地回神，馬上先將毛筆散成光點纏繞，再抓出筆電快速敲打。

當快節奏的鍵盤敲打聲響起，筆電螢幕裡也飄飛出一串串金色文字。它們銜接在一起，連成一個圓，再往上衝飛。

設置完神使專用結界的柯維安突然頓了一下，下意識看向蘇染、蘇冉。

外貌相似的雙胞胎姊弟靜靜地迎視回去。

接著，蘇染說：「我們沒辦法用結界。」

蘇染只給出這麼一句，明顯沒有延續話題的意思。

柯維安敏銳地也不多問。

就在這時，沉默著的黑令突然開口：「影子。」

什麼影子？柯維安反射先低頭看向腳下，隨後他憶起房內見過的景象，霍然抬起頭。

「靠靠靠！那鬼影子！」

「那活像『吶喊』的鬼影子又來了啊！」

伍書響、陸梧桐大喊。

走道的左右兩端，巨大高聳的黑影似乎平空生成。它們吞噬了走道盡頭，生成扭曲的人形，頭顱和肩的部分不斷往前延伸、延伸，眼看不需多久，就能把他們所有人圍在中央。

就連柯維安他們原本跑出的那條走道，也在不知不覺中成了一堵牆。

找鬼——

找到鬼——

轟隆隆的含糊聲響從黑影上的幽黑大口發出。

灰幻冷笑，「要我們玩是嗎？那就快讓我們開始找鬼，蠢貨！」

和清秀外表毫不相符的粗厲咆哮炸開。

如同回應灰幻，硬實的泥土地面霎時塌陷、崩壞。

感受到自己下墜的那一秒，柯維安霍地睜大眼，蘇染語句的眞正含意在腦內翻騰。

「它們想要在最後，讓我們所有人會合在一起。然後，找出鬼躲在哪裡。」

找出鬼躲在我們之中誰的身上。

第十一章

不同於柔軟床鋪的堅硬冰冷感，讓梁子奕打了個哆嗦，猛然清醒過來。

起初他還以爲自己是在作夢，否則怎會看見四周林立冷冰冰的灰牆，和他睡前的房間景象完全不一樣。

就在下一秒，他的手臂霍地被人大力一把抱住。

梁子奕嚇得幾乎就要尖叫，之所以沒叫出聲，是因爲抱著他的人先發出了恐懼的喊聲。

「子奕……子奕！這是哪裡？我們在什麼地方？」

「雪……雪雪！妳醒了？」梁子奕暫時拋卻不安，又驚又喜地抓著路雪雪的肩膀上下打量，隨後放鬆肩頭，「太好了，妳讓我擔心死了……到底是發生什麼事？」

「我……我不知道啊！」路雪雪瞪大眼睛，看起來比梁子奕還要茫然，「應該是我問你的……我只記得自己明明和你在一塊，然後突然人就在外面，有奇怪的黑影子，然後那些大學生就出現。再後來，我什麼也不記得了……」

路雪雪越說，腦海中本來淡去的回憶也愈發深刻起來。她的臉色刷成蒼白，手指緊緊抓著男友。

「子奕，現在更重要的是……我們在哪裡？爲什麼我們會在這種地方？爲什麼……那些人也會在這裡！」

那些人？梁子奕大吃一驚，一手安撫地攬住快哭出來的女友，同時慌忙地四處察看。

剛才的注意力都放在路雪雪身上，以至於梁子奕現在才發現，自己後方赫然橫七豎八地倒著一票人。

是那群強制他們留下的怪人。

那些人一動也不動，像是失去了意識。有的人手上還抓著奇怪的武器，刀啊、斧啊、還有毛筆……

梁子奕粗略看去，發現有的武器自己還叫不出名字。而那些武器中，有部分還發著光。

他也才後知後覺地意識到，這個怪異的空間能視物，是那些武器……還有一台翻倒的黑色筆電提供光源的。

「子奕，他們究竟是……」路雪雪緊張地嚥下口水，小小聲地說，「他們真的是正常人嗎？會不會是……神經病啊？」

「我也不知道……」像是怕驚動那些昏迷的人，梁子奕也用氣聲回答。他緊握路雪雪的手，慢慢站了起來，小心翼翼地往前靠近。

梁子奕完全沒印象自己和女友爲什麼會從房間跑來這裡，他只記得他躺上床睡了，只想隔天一早再叫醒路雪雪，和她趕緊離開這地方。

誰知道醒來卻……

梁子奕屏息，心裡惶恐不安，但又好像滑過一絲刺激感。

這種古怪的事，一般人根本就不可能碰得上吧？等之後平安出去，他一定要把這匪夷所思的經驗寫在臉書上！

隨著距離拉近，梁子奕和路雪雪也看得更清楚，他們今日碰見的那些人，全都在這裡。

包括那名白子小女孩。

「子奕，要叫醒他們嗎？」

「等等，我先看看那台筆電……說不定還能用來向外界求救……」

梁子奕鬆開路雪雪的手，改往筆電位置接近。

筆電的螢幕亮得不可思議，與武器光輝的相乘映照下，勾勒出此地的大致輪廓。

一個冰冷的灰色空間，看不出對外的出口，他們簡直像被關在密閉的水泥房裡。

這地方，看起來實在不像在那個豪華大宅裡……

不知道是不是自己剛醒來，容易眼花，梁子奕總覺得那台筆電的螢幕上，不時會有金色波紋閃過，宛如漣漪圈圈擴散。

鐵定是自己眼花，筆電哪可能出現那種東西？除非它的螢幕有問題……梁子奕在心頭嘲笑自己。他走至筆電前，正要蹲下身。

倏然間，灰色空間平空落下了笑聲。

嘻嘻。

呵呵。

梁子奕身體一僵，他扭過頭，看見路雪雪驚恐地望著自己。

那不是他的錯覺，真的有小孩子在笑！

緊接著，梁子奕更是駭然地發現到，從石牆角落竟鑽游出小小的黑影。它們像快速游動的黑魚，然後分裂得越來越多。

它們有著圓圓的頭，不自然歪曲的手腳，就像變形過的小孩子影子。

路雪雪摀著嘴巴，急促地吸著氣，要不然她怕自己就要尖叫出聲。

「趴下……我們也快趴下！裝昏！」情急之下，梁子奕手忙腳亂地拉著路雪雪的手，催促她和自己一塊躺在地板上。

路雪雪眼眶含淚，一躺下來就死死地閉上眼，不敢多看周遭，一根手指依舊和梁子奕的勾著不放。

梁子奕連呼吸也不敢太大聲，他從眼皮的縫隙中偷偷觀察著牆壁，看見那些黑色影子手牽著手，排繞出一個大圓圈。

紅紅的眼睛盯著我們。

紅紅的顏料滴滴答答。

紅紅的顏料嘩啦嘩啦。

黑影開始圍著他們跳舞，開始歌唱。

在那些色澤各異的冷冽光芒輝映下，黑影不時晃動、搖曳，看起來愈發詭譎。

梁子奕心裡震顫，頭皮發麻。這首歌……這不就是他曾在網上下載過的童謠？

雪雪曾說在屋子裡聽過，那時他以爲是自己的手機鈴聲……可是現在想想，那時候他們的房門關著，雪雪也不是站在房外，她眞的有可能聽見嗎？

應該說，她聽見的，是誰唱的……歌？

梁子奕的心臟如同被恐懼緊緊掐住。

童稚含糊的歌聲還繼續著。

梁子奕不知道是不是自己的錯覺，那些影子好像從牆上脫離出來，圍著他們越靠越近。

爸爸、媽媽、哥哥、姊姊、弟弟、妹妹。

我們想要，但我們　沒有。

爸爸、媽媽、哥哥、姊姊、弟弟、妹妹。

我們想要，但我們……

歌聲倏然歇止，詭異的死寂降臨室內。

梁子奕手心冒汗，心跳如擂鼓。正當他擠出勇氣，想要掀開眼皮覷望的剎那，歌聲冷不防再現。

而且，就貼在他耳邊。

被埋在土裡。

梁子奕心跳幾乎一停，反射性張開眼，慘叫聲同時從他嘴裡爆發出來。

「呀啊啊啊啊！」

梁子奕驚慌失措地彈跳起來，用最快的速度和上一秒蹲在他身邊的小孩子黑影拉開距離。

梁子奕的尖叫也嚇壞了路雪雪。

「子奕！」

路雪雪剛一張眼，也看見不知何時和她靠得極近的黑影。她踉蹌地往後退，嘴中也發出歇斯底里的尖叫。

「不要啊！」

尖叫聲似乎取悅了黑影，它們嘻嘻哈哈地扭動，再次手拉著手，圍著所有人轉圈。

我們想要，但我們　沒有。

我們想要，但我們　被埋在土裡。

鬼啊鬼啊，鬼在哪裡？找到鬼，不然就要被報仇。

「但是不被報仇，也還是要被你們殺掉是嗎？」不屑的年少聲音說。

所有黑影停下動作，齊刷刷全轉望了同一方向。

灰髮少年把亂原本梳理整齊的長髮，從地上坐起。

不單是他，包括其他以爲該是昏著的人們也紛紛坐起。

「痛死我了……黑令，你爲什麼老是壓我的腳？你壓個毛線啊！我上面可沒有裝磁鐵，你是嫉妒我的腳嗎？」

「沒有，那種必要。」

「吵死了，柯維安！你那短腿誰會嫉妒？」

「我。」

「對嘛對嘛，我就知道會……呃，小芍音妳嗎？妳不須要嫉妒啊，妳現在這體型才是最完……痛！」

「閉嘴，變態。那兩個還沒動……操！那什麼五、六的眞的暈了！蘇染、蘇冉，別再抓我的手，你們要說的不都在我手上寫完了？楊百罌，妳和符芍音還好嗎？」

「沒……沒什麼大礙。」

「好。」

「你們……你們沒暈？」梁子奕震驚地喊，「那你們幹嘛……」

「早起來幹嘛？鬼又沒到齊。」灰幻冷傲地睨視過去。

那雙異於常人的灰瞳，頓時讓梁子奕和路雪雪不安地往後挪了挪。

圈圍在外邊的黑影也起了騷動，它們像是在互看彼此。

很快地，全部的影子迅速漲大拔高，像是巨人般高高俯望著一刻等人。

回答——現在回答——

「回不回答都要被你們滅，那還回答個鳥？」一刻按著脖子，吊高的眼角凶狠危險，嘴角同時拉開獰笑，「更何況也不須要猜吧？答案已經很明顯了。」

「是的，我家甜心說得沒錯。」柯維安坐直身體，認真地舉起一隻手，「鬼是藏在我們之間吧？否則你們就不會都圍在這裡，而是叫我們繼續找了。至於是在誰身上，那更簡單了。神使的神紋，簡直就是最直接的辨認利器。」

梁子奕和路雪雪瞪大眼，看見白髮男孩的手上，娃娃臉男孩的額頭上，還有那對雙胞胎姊弟的臉頰邊……都有著像圖又像字的奇異花紋。

「狩妖士亦有辦法證明。」楊百罌冷冷地說，手指間挾著符紙，「被污染的靈力可不能好好使用符術……汝等是我兵武，汝等聽從我令，裂光之鞭。」

「兵武，現。」

幾乎同一時間，楊百罌和符芍音都將各自的符紙轉化爲武器，一爲熾白長鞭，一爲無鞘斬馬刀。

目睹此景的梁子奕和路雪雪已徹底呆住、說不出話來。他們麻木著表情，看著楊百罌和符芍音，再看著黑令持有的銀紫色旋刃。

他們眞的……不是在作夢嗎？

「小伍、小陸我也確認過了。至於灰幻，要是他被入侵……」柯維安聳聳肩膀。

「我的名字就可以倒過來寫了。」灰幻不耐地接話，「基本的刪減法連猴子都會，我們已經找到鬼了。」

梁子奕和路雪雪忽然注意到，那一道道銳利目光不是看向黑影，而是看向……他們。

那些人爲什麼要盯著自己和雪雪？他們剛剛是在說什麼找到鬼嗎？如果他們已經找到鬼，那鬼是誰……梁子奕突地感到寒意爬上背脊，隨即就像逃難似地，倉皇逃離路雪雪身邊。

「子奕？」路雪雪茫然地看著忽然和自己拉開距離的男友，不知道對方的舉止是什麼意思。可下一秒，她彷彿想通般震驚地瞠大眼，臉上血色盡褪。

「你懷疑我？梁子奕！你該不會是在懷疑我吧！」路雪雪不敢置信地大吼。她上前一步，換來的卻是梁子奕驚恐地再退一大步。

「我……」梁子奕艱困地嚥了口唾沫，「我不是故意要懷疑妳……可是除了妳，不可能還有別人啊！」

「你在胡說八道什麼！」

「我沒說錯！雖然……雖然祠堂的石堆塔是我踩裂的，可是、可是……那些東西針對的都是妳啊，雪雪！是妳看到不該存在的影子、聽見詭異的歌，然後還被抓走……既然不是因為我踩到那石堆塔，那麼最有可能的……就是妳在祠堂外撿到了這個！」

看著梁子奕蒼白著臉，從口袋裡拿出一枚小巧的圓石，路雪雪睜圓眼，一下就認出來了。

「你偷翻我的包包？我明明是放在背包裡的！」

「是它自己掉出來的……妳承認是在祠堂外撿到了吧！」

「我是在那撿到……但是那又怎樣？」

「那就證明了妳被當作目標！妳帶回這綠石頭，所以妳是……鬼！」梁子奕咬牙吼出他不願意承認的答案。

然後，他見到路雪雪以錯愕的目光瞪著自己。

路雪雪的表情就像是見鬼了。

梁子奕這才遲鈍地發現，在他身周，不知何時環繞了數張黃色符紙。

「鬼，是你。」白髮紅眸的小女孩屈膝蹲地，在她身前，不知何時也排列多張符紙，「石頭，非綠。」

「……咦？」梁子奕機械地又看了自己抓的圓石一眼，仍是青碧的色澤，接著他聽見自己女友結結巴巴地說。

「那是琥珀色的……爲、爲什麼你會說它是綠色？」

「守護石，我的。遺落祠堂外，會吸不淨之氣。」符芍音瞬也不瞬地凝望著，「常人眼中，是琥珀色。出來，否則攻擊。」

梁子奕的嘴巴無力地張闔幾下，他想說一定是哪裡搞錯了，鬼怎麼可能會是他？可是，他又聽見了說話聲。

「那個姊姊只是被你牽連。」

——從他的嘴巴裡發出。

「你踩碎了我們的封印，你拜了、你求了。」

梁子奕大腦一片空白，他感覺自己在說話，但那不是他的聲音，是一個小男生在說話！

「你成功解除了封印鏈的條件。」小男生咯咯嘻笑，「大哥哥，你忘記你求了什麼嗎？」

梁子奕冷汗淋漓，他沒辦法做多餘思考，腦海內不由自主地浮現出白日在祠堂的畫面。

他顧著拍照，粗心踩裂了石堆塔，於是趕緊心虛地將石片重新疊好。

然後呢？

然後他下意識朝石堆塔拜了拜，祈求原諒他無心的過錯，還祈求了……

「要是讓我們的旅行中發生點刺激的事就更好了，不然太無聊了，拜託、拜託。哈哈，我開玩笑的。」

「但……但我只是開玩笑！」梁子奕宛如尖叫地喊，這次他搶回自己的聲音。

「但對我們來說不是玩笑啊！」高聳的黑影發出轟隆隆的聲音。「你求了，你希望發生刺激的事。」

一刻驀然想起符芍音曾在別館說過的話。

那名小女孩說了——別問、別聽、別看、別求。

「可拜，但不求。」符芍音靜靜地說，「不知求的會是什麼。」

路雪雪驀然腿一軟，「砰」地跌坐在地。

她駭恐地瞪大眼，眼內是梁子奕張著嘴，像是想求救，然而從那張嘴巴中卻突如其來鑽湧出越來越多黑色粒子，就像密密麻麻的黑色小蟲。

然後它們「嗡」地一聲飛至空中，轉眼間凝聚出人形。

當那身影踏上地面，進入眾人視野內的是名年幼的小男孩。

他的四肢乾枯細瘦，面頰蒼白凹陷，猛一看有如骷髏。陳舊的衣物上，更是凝聚著大塊、大塊……暗紅近黑的血漬。

再接著，他睜開眼了，那是一對猩紅似血的眼瞳！

「我操！瘴!?」一刻不敢置信地暴吼一聲。

「瘴靈……融合？」灰幻眼瞳凌厲地瞇細，「你們是什麼時候融的？」

「什麼時候？我忘了，我們都忘了……」小男孩倏地吃吃笑起，他的笑聲越來越尖銳，越來越高亢，由稚嫩轉爲粗啞。

「是符的錯、是符的錯。符困住我們，不讓我們走。我們想要爸爸、媽媽、哥哥、姊姊、弟弟、妹妹，但我們沒有，但我們被埋在土裡。」

「我們想要，我們想要啊……」

「所以他們呼喚了我。」像是野獸的嘯聲說著。

小男孩頭一歪，臉龐和肩胛湧冒出大量黑色粒子。

與此同時，那些圍在四周的高聳影子也像泡泡般破碎。

沒了虛幻的黑影，一刻等人都看見圍住他們的，赫然只有四名年紀差不多的小男孩、小女孩。他們眼瞳闃黑，像是光透不進去的窟窿。

紅眼小男孩咧開歪斜的笑容，從他身上湧冒出的粒子就像黑色旋風，一口氣颳捲過其餘同伴，還有失去意識的梁子奕，隨後將他們全吞沒進去。

路雪雪目睹黑色旋風如同幫浦，一壓一縮，不停將什麼注入紅眼小男孩體內。

同時小男孩的外表也在膨脹、扭曲、異變。

那場景太過駭人，路雪雪頓覺眼前一黑，身子軟軟地癱了下去。

「這些可愛的亡靈在呼喚著、渴望著。有趣的是，它們並沒有徹徹底底地——」

「被封死。」

「我們的碎片散落在符不知道的土裡啊，符沒有收集完整。」

粗啞的聲音和青稚的聲音交織。

「但是你們這些蠢蛋神使，還有跟神使廝混在一起的下等妖怪，刨開了那塊土地。多虧你們的協助，我的宿主湊齊了碎片。不過只有這樣不夠，不夠不夠。」

「沒有實體的宿主還是太過弱小啊！我要一個身體，我要更多的欲望。」

「這些亡靈的渴望，那個愚蠢人類的希望，都是要被我等吞噬的欲望。」

「渴望、希望、願望，我等是把這些吞吃殆盡的……」

「瘴啊！」

黑色怪物放聲大笑，紅眼亮起異芒。從它巨大的身軀瞬間滾落出大大小小的黑色物質，像是一顆顆水泡，然後炸裂，一個翻滾，拔高成小一號的瘴。

它們紅眼閃爍，像是饑餓的野獸，爭先恐後地向著自身以外的存在撲了過去。

「神使負責宰了它們；楊百罌、符芍音照計畫行事，沒點到名的看著辦。」灰幻言簡意賅地下達命令。他沒有多拔高一分聲音，甚至還維持坐在地面的姿勢，一腳屈起，一手就擱置在膝蓋上。

彷彿默契十足，一刻、柯維安、蘇染、蘇冉，再加上黑令，他們立即各自鎖定一個目標。森寒的長針揮出熾白的月牙弧斬擊；金艷的墨漬像煙花在空中散濺，或是一筆勾出鋒利的痕跡。

赤紅的雙刀帶出烈焰般凶猛的攻勢，彼此配合得天衣無縫；銀紫色的旋刃疾如閃電，凡是所到之處，皆是一片殘塊飛舞。

瘴顯然沒想到自己的大批分身輕易就被壓制在下風，尤其見到灰幻就像不將一切放在眼裡般坐著不動，它更是徹底被激怒了。

「明明也是妖怪，居然和我等的敵人站在同一陣線……倒不如讓我也吞了！」

瘴咆哮一聲，龐大的身形乍然拔成一束，像漆黑的箭矢疾射向灰幻。

它輕易穿越過那些分不開身的神使，張開大嘴，像個鐵桶般要將底下的灰髮少年全部罩了進去。

灰幻抬起眼，「蠢貨，當眞以為融合了靈，又吞了人類，就天下無敵了嗎？腦袋有病還是治一治吧！」

灰幻舉起在膝上的手，五指張開。說時遲、那時快，他的整隻手臂分解成無數沙石。這些沙石再分成好幾股，有如鎖鍊將撲下的瘴硬生生擋住、束縛。

「一時大意還真被當成了病貓是吧？當老子幾百年是白活的嗎！」

獐的紅眼震驚瞠大。那居然……是隻百年之妖!?這並不在它的預料內！

「知道我為什麼不動手嗎？」灰幻冷笑著說，「我可不想把那人類也一併宰了。既然如此，這種事為何不讓專業的來？」

專業……獐想起有兩名狩妖士未加入戰局，想起在山中自己宿主的分身幾乎被消滅那一幕……它驚恐地看見自己身下環列著多張符紙。

符紙斜斜地插立地面，上頭是咒文攀爬。

褐髮女孩的眼神冷如霜雪，「電隨意走！」

「什……啊啊啊啊！」

銀白雷電霎時交織鏈接，成了一面大網，兜頭罩覆在獐的身軀上，換來的是陣陣尖嚎。

獐痛苦地想打滾，然而灰色沙石縛住了它。

當雷電停止，它聽見灰髮少年說：

「為什麼想喚醒唯一？」

唯一……唯一……

「我不知道你在說什麼？獐就是獐……哪來的唯一！」

「看樣子，這隻不是獐異了。」灰幻說。

下一瞬間，瘴感到一股更加恐怖的痛楚貫穿它，那雙瞪大的紅眼倒映出自己心口冒出瑩白針尖的光景。

旋即，白針被抽出，束縛的沙石散去。

瘴的身子重重摔墜地面，它費力扭頭，發現自己的分身早被消滅殆盡，那些神使們包圍住自己。

瘴終於慢一拍地意會到一件事。

神使們、狩妖士們，還有一名百年之妖……

「我挺納悶你沒想到這事。」灰幻又說，「你只是一個瘴，和小鬼們的亡靈融在一起，即使吞了人，也不是滋生欲線、擁有強烈欲望的人類，最多只是充當你的身體。而你面對的是四名神使、三名狩妖士，再加上我，你怎麼會覺得你有勝算？」

瘴急促地喘氣，貫穿心口的傷口處像有火焰灼燒。火焰蔓延得越來越廣，宛如要入侵四肢百骸。

「放……放過我！放過我！一旦我被消滅了，這些小鬼的靈魂又會不受控制！他們滿腦子只想著報仇，他們會再度召來我的同伴，所以放過我——」

「不勞，費心。」平靜的童稚聲音說，從瘴看不見的角度。

瘴拚命擺動頭部，然後它只見白髮紅眼的小女孩一手持握斬馬刀，一手抓著原本未出現的刀鞘，身子低伏，擺出了奇異的姿勢。

「非天，魔落。」符芍音的刀鞘化爲張張符紙飄散，有如落花紛飛。

瘴記得那代表什麼，它驚駭地尖吼了。

「不不不——」

「破！」

斬馬刀迅雷不及掩耳地一個橫斬。

將瘴包圍在中央的符紙瞬間自燃，化作一盞盞火球，全數飛撞向黑色的怪物。

隨著烈火舔舐而過，那些黑闃的表面也在龜裂、剝落，一具軀體頓時從中滑墜。

是梁子奕！

火焰漸漸平息，可以看見五道孩童的身影被分離出來，其中四道轉眼又化爲透明消逝。

曾被瘴寄附的那名小男孩，他的雙眼已不再猩紅如血。他的身體從腳開始也變得透明，再分解，彷彿一片片光屑飄下。

當分解到了小男孩的腰間，周圍的景象也發生變化。

冰冷的灰色褪去，逐一還原成原本的色彩。

柯維安立即眼尖地發現，他們所待之處是別館大廳。

「慢著！那是什麼？」一刻猛然抽口冷氣。

不止是他，所有人都瞧見了——光屑中，竟混著一縷縷青色絲線飄下。

情絲!?這兩字陡然間重重撞進眾人腦內。

小男孩低著頭，像是對於自身的消逝感到茫然。可是當光屑中不再有青絲飄落，他的茫然散去，那張稚氣的臉扭曲。

「是符……我記起來了，是符的錯啊！」小男孩發出如泣血的悲鳴，雙眼轉向符芍音，猝不及防地飛身而出。

「小芍音！」柯維安離得最近，他想也不想地一個箭步衝上。

身子仍在繼續崩解的小男孩伸出手，像是想抓住什麼，然而他的手指也變成了光屑。

「爲什麼要阻止我們……明明就是符的錯……是符殺死了我們！」

小男孩就像無力支撐住剩餘部分，栽跌至柯維安的肩頭，終於散逸成一團微光，什麼也未曾留下。

柯維安就像受到驚嚇，猛地跌跪在地。

「柯維安?」

「柯維安！」

柯維安聽見身邊有人呼喊著自己，但那些聲音聽起來莫名遙遠，唯一清晰的是那名小男孩在化作光屑飛散的剎那間，微不可聞飄進自己耳裡的耳語。

他說：

「我記起你了，我認得你了……維安，爲什麼只有你還活著？」

〈祀典與惡戲〉完

後記

鄭重在這裡向各位宣布——

接下來的「神使繪卷」，將改名爲「紳士繪卷」了！

……對不起，前面是在開玩笑，請千萬不要相信！

說起「紳士繪卷」這個由來，其實是出自於這次漫博簽書會上的梗。當時台下在喊神使繪卷，台上的夜風大跟我說她聽成紳士繪卷啦XD

於是爲了不負眾望，本集內容充分地向各位展現出了美妙的紳、士、度、唷。看看這滿滿的蘿莉、蘿莉、蘿莉，白髮、綠髮、粉紅髮任君選擇。收到圖的瞬間，我都露出了跟柯維安一樣的表情了~

啊，拜託請不要叫警察先生把我帶走！

回歸正題。

本集的封面是由新人小蘿莉，和公會裡擅長動手勝於動口的灰幻擔當。雖然不是大家想像的符家家主上封面，不過下任家主也很棒的。

這位下任家主在下一集也會繼續活躍，畢竟符家的故事還未結束。在柯維安的身世解謎過程中，她也將扮演一個重要的角色。

至於是怎麼樣的角色~你們猜XD

寫卷九的時候剛好是九月，又碰上了生日，然後手指肌腱發炎也來湊一腳，可謂是個多事的月份，但收到許許多多的祝福仍是讓人相當開心的！我絕對不會承認因為一直在和朋友吃生日聚餐，結果導致體重……咳咳咳！

是說不知不覺中，《神使》的集數也終於追平了《織女》，等第十集上市後，就會正式超越《織女》了。

然後，下一集眞的還是叫「神使繪卷」，沒有要改名的！

接下來是大家應該已經很熟悉的關鍵字時間：

過去、現在，符邵音的祕密……

卷十見了！

醉琉璃

神使繪卷の小劇場！

胡十炎：維安，聽說你的守備年齡又下降了？

安萬里：聽說是降到三歲以下了？

柯維安：因為三歲以下的小天使才不會跟父母說：把拔、馬麻，剛剛這個大葛格摸我！

胡十炎：……你的變態真是突破天際了。

神使繪卷

The Story of GOD's Agents

【下集預告】

神使繪卷 10

The Story of GOD's Agents

乏月祭，不見月；燈指路，山道行。
祭典舉行在即，
孩童亡靈的細語言猶在耳。
符家埋藏的眞相爲何？
而究竟……誰又才是情絲？

卷十：情絲與鳴火
12月，火熱推出！

國家圖書館出版品預行編目資料

神使繪卷. 卷九 / 醉琉璃 著.
——初版. ——台北市：魔豆文化出版：蓋亞文化發行，2014.11
冊； 公分.（Fresh；FS073）
ISBN 978-986-5987-56-5
857.7 102019923

fresh FS073

神使繪卷 09

作者 / 醉琉璃
插畫 / 夜風 封面設計 / 克里斯
出版社 / 魔豆文化有限公司
地址◎ 台北市103承德路二段75巷35號1樓
電話◎（02）25585438 傳真◎（02）25585439
部落格◎ gaeabooks.pixnet.net/blog
臉書◎ www.facebook.com/Gaeabooks
電子信箱◎ gaea@gaeabooks.com.tw
投稿信箱◎ editor@gaeabooks.com.tw
郵撥帳號◎ 19769541 戶名：蓋亞文化有限公司
發行 / 蓋亞文化有限公司
法律顧問 / 宇達經貿法律事務所
總經銷 / 聯合發行股份有限公司
地址◎ 新北市新店區寶橋路二三五巷六弄六號二樓
電話◎（02）29178022 傳真◎（02）29156275
港澳地區 / 一代匯集
地址◎ 九龍旺角塘尾道64號龍駒企業大廈10樓B&D室
電話◎（852）2783-8102 傳真◎（852）2396-0050
初版二刷 / 2019年9月
定價 / 新台幣 220 元
Printed in Taiwan

ISBN / 978-986-5987-56-5

魔豆

魔豆